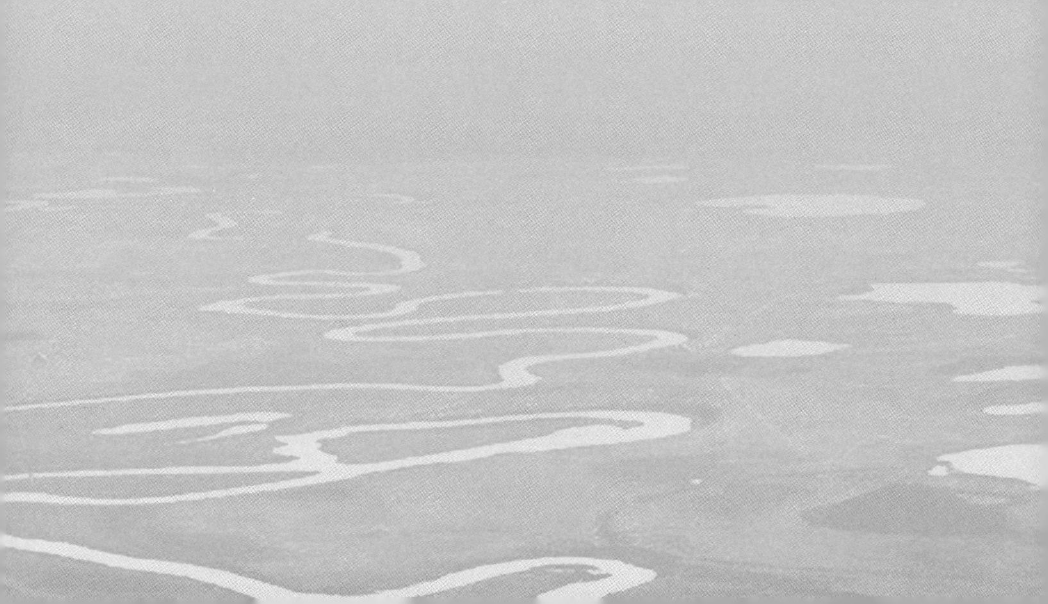

童话 青橄榄

丰收 ——著

人民文学出版社

图书在版编目（CIP）数据

童话青格里/丰收著. —北京：人民文学出版社，2020
ISBN 978-7-02-016160-7

Ⅰ.①童… Ⅱ.①丰… Ⅲ.①叙事散文—中国—当代 Ⅳ.①I267

中国版本图书馆 CIP 数据核字（2020）第 0440090 号

策划编辑　脚　印
责任编辑　王　蔚　张梦瑶
装帧设计　李思安
责任印制　王重艺

出版发行　人民文学出版社
社　　址　北京市朝内大街 166 号
邮政编码　100705
网　　址　http://www.rw-cn.com

印　　刷　三河市宏盛印务有限公司
经　　销　全国新华书店等

字　　数　140 千字
开　　本　880 毫米×1230 毫米　1/32
印　　张　7.25　插页 4
印　　数　1—6000
版　　次　2020 年 6 月北京第 1 版
印　　次　2020 年 6 月第 1 次印刷

书　　号　978-7-02-016160-7
定　　价　38.00 元

如有印装质量问题，请与本社图书销售中心调换。电话:010-65233595

脚印工作室

青格里，水名。蒙语：清澈美丽的河流。

脱胎于阿尔泰山的大青格里、小青格里，像是挣脱牧人套杆的野马，奔腾咆哮，雷霆万钧。横冲直撞地冲出山口，就没那么野性了。水流如山风梳过的马鬃，飘飘拂拂。最后清亮得连河底卵石、河湾处鱼儿摆动的尾巴也看得真切了。

青格里，青格里，绕来缠去地系结出一片蓝天，滋养了一片草原，也淌出了一方地名。而草原呢，又给了河流春的勃发，夏的热烈，秋的丰满，冬的沉静——

浪花一朵，柔情千种。

青格里，山有风骨，水多柔情，天呈大象。

青格里，篝火旁蒙古长调，月光下阿肯弹唱，一年年走过四季风景。

青格里，有毡房和墓地的地方，就有爱情的花朵开放……

童话 青格里

contents

风雪青格里 —————— 001

骆驼知道回家的路有多远 —————— 007

小 黑 鸟 —————— 025

什么叫青格里的冬天 —————— 043

长长的头发，黑黑的眼睛 —————— 071

永 生 羊 —————— 083

切布是个快乐的青年 —————— 093

阿热勒夜话 ——— 115

好大一口锅 ——— 125

小牛引渡 ——— 149

如果你真心爱她 ——— 171

山水无疆青格里 ——— 197

后记 ——— 223

风雪青格里

逐水草而居是青格里代代相袭的生活方式

好大一场雪!

这场雪从前夜启程。开始,杨絮一样的雪片悄无声息地飘落时,月亮星星还亮闪在半空里。夜半,风声里的雪下得紧了,月亮星星也被风雪撕扯得不见了踪影。风狂雪急到天明。

一路风雪,时紧时缓,远天近地一片白,许久不见这样好的雪天了。

一路北行,去雪落大野的青格里。

在新疆地图上,不难发现"青河县"。蹲在阿尔泰山深处的青河县,被当地人习惯地称为青格里。

从乌鲁木齐去青格里有一东一西两条路。传统走西线,出乌鲁木齐走312国道,西行二百六十公里余,北上,经克拉玛依、乌尔禾和什托洛盖、福海，到阿勒泰市。然后南下三百公里左右，东行，穿过喀拉玛依勒戈壁，就进入了青格里县境。再往远里说，去阿尔泰行路难。出乌鲁木齐西行二百八十公里左右，经天山北坡重镇乌苏北行，经车排子西折到塔尔巴合台，再东北行才能到草原名城承化——阿勒泰。

两年前走的是东线。东线自古就是兵家征战之途。上世纪五十年代后逐渐有了商旅往来。柏油铺面，南北通衢，是改革开放后的事儿了。出乌鲁木齐北上约四百八十公里，东拐，车行约一小时就进青格里的地界了。东线去青格里不过五百公里，便捷多了。

年近岁尾，新华社新疆分社掌门、学友徐军峰奉调进京，相约临别一聚。

酒过数巡，情动深处，军峰说："新疆难舍啊，南北疆又跑了一圈……"说到青格里，军峰转向我："去一次青格里吧，真是世外桃源！你一定有收获的……"军峰说到一个叫阿尼帕的维吾尔族母亲，还说到一个摆摊的维吾尔族妇女，拿出一分一毛辛苦积攒的十多万元，在青格里架起了一座桥……"冬天的青格里你不知道有多美……新疆实在难舍……"

临近春节，我们走东线去青格里。出门时，博格达雪峰隐在雪花编织的大网里。

夜幕降临到了青格里，雪仍没停。点点灯火舞动在风雪的幻影里。披着一身雪花，推开了阿尼帕妈妈家的院门。

这一次，我认识了阿尼帕妈妈的长女卡丽曼，儿子切布、托呼提，外甥女热孜万古丽……我知道阿尼帕·阿力马洪妈妈家是一个祖孙三代近两百口人的大家庭。

这次，没见到阿尼帕·阿力马洪妈妈，留个念想吧。

隔一年临近春节，我又去了青格里。还是个大雪天。

天底下，没有一种花能比上雪花冰清玉洁；天底下，又有哪一种花能有雪花气吞山河、一统天下的气势！

喝天山雪水长大的人，对雪顶礼膜拜：雪是新疆大地的生命之源。没有雪的日子比没有酥油的奶茶还寡淡。

漫漫冬夜，黄铜茶炊暖了毡包，暖了牧人的梦境，雪也给大地披上了棉袍，暖了草原。

熬过严冬的太阳刚睁开眼，雪就在阳光的爱抚下化作生命之水，滋养万物……

浅草远看，绿波翻浪。牛羊点点，草原生命蓬勃。

雪从山上袅袅婷婷走下来的日子里，晚霞红了天边，你涉过溪水，我走过草地，歌声和热吻给予你，给予我。草原醉了，雪在河里笑了。

这次走的还是东线，拐往青格里的路两边，全是过人高的雪墙，刀削斧剁样陡立，汽车穿行在冰雪峡谷中。

虽说又隔了一年，阿尼帕妈妈不在的那几个冬夜却没有淡忘，柴门虚掩的院落，随着青格里的城镇化进程，越来越趋中心的泥坯土屋，还有家里见过的每一个人，全在心里了。

这次风雪之下再入青格里，我又结识了阿尼帕妈妈的妹妹阿米娜·阿力马洪、玛丽亚·阿力马洪、哈丽恰姆·阿力马洪，四儿子阿不都热西提·阿比包，小儿子阿不都瓦依提·阿比包，儿媳依巴达提，女儿哈比扎，还有那个丹麦王子一样的美少年，阿尼帕妈妈的孙子祖农·阿不都热索里。

这一次，我还感悟着"一方水土一方生灵"。循着青格里的水流来到了阿尔泰山褶皱里的青格里，生民们支起毡房，扎下营子，放牧牛羊，耕种田垄。一年年，青格里流过春夏秋冬。来到这里的人，头顶青格里的天，脚踏青格里的地，一辈辈走出人生四季，走出青格里绵延不绝的故事——

篝火旁蒙古长调，月光下阿肯弹唱，有毡房和墓地的草原，就有爱情的花朵开放。

三行青格里，走的是西线。春打六九头了，却又是瑞雪飘飘伴我行。

骆驼知道回家的路有多远

青格里三道海子巨石滩

姑娘的家要去远方
搭在驼背上随那长长的白云啊
翻过了大山梁
⋯⋯
——青格里民歌《姑娘的家要去远方》

小时候，祖农时常问奶奶：我们是从哪里来的？

奶奶总是说，我们跟着布尔根河来的，我们跟着青格里来的。

布尔根河从哪里来的？青格里从哪里来的？

布尔根河从很远很远的地方来的，青格里从很远很远的雪山来的。

祖农只知道，春天的蒲公英要去很远很远的地方，冬天的雪花要去很远很远的地方。

当然，这都是奶奶告诉他的。

　　孙儿的问话，总会引出阿尼帕的思念。

　　人对故乡的情感是一样的，十七年的生活辙印留在了科布多，辙印里虽说多是苦难、坎坷，但时光滤去了岁月的艰辛，留下的是青春梦想。

　　在科布多宽阔凉爽的草地，阿尼帕度过了童年、少年。这里一年四季流浪着从阿尔泰山和空旷的戈壁飘拂过来的风，布尔根河日夜流淌，养育这一方生灵。在阿尼帕眼里，母亲终日辛劳，从白天到黑夜；父亲呢，总是顺着布尔根河的水流久久望着没有尽头的地方。

　　我们是从哪里来的？

　　说来话长……

　　白雪覆盖的远山渐渐变得黛青，大地泛出连波的绿色，春天悄然走过，夏天到了。

　　收购皮毛为生的维吾尔族小伙阿力马洪，从青格里取道布尔根河，去了科布多。年轻人打算到科布多收一季毛皮就回来。动乱年月，到科布多谋生的人多。哈萨克族人去了多为人家放牧，维吾尔族人倒卖皮子，汉人种菜。

　　那时候，内蒙古到外蒙古，外蒙古到内蒙古，就像这家去那家喝个茶，那家来这家吃顿饭，再平常不过了。至于阿尔泰和科布多，本来就是一座山一条河相连毗邻在一处。

阿力马洪老家在喀什噶尔。生逢乱世，父母双亡，无依无靠的小哥俩避祸远行。一路乞讨，饥寒交迫，从天山之南的喀什噶尔流落到阿尔泰山深处的青格里。弟兄俩先是放羊，后来牧马，也牵过骆驼，挨过牧主的皮鞭，遭遇过野狼袭击，九死一生终于活了下来。

只要有草原，就有情歌。

从一个毡房到另一个毡房，收皮毛的穷苦人儿阿力马洪，认识了梳着两条辫子的哈萨克族姑娘波勒斯罕。

波勒斯罕的奶奶爷爷从阿尔泰山那边来到山这边，定居科布多已经三代了。

草原敞开了胸怀，成全了相爱的人儿。两年后，他们有了一个漂亮的女儿。阿力马洪给女儿取名"阿尼帕"，意思是"引领走正路的人"。

时光在草绿又草黄的轮回中悄然走过一年又一年。在长女阿尼帕后，阿力马洪和波勒斯罕有了长子霍帕尔，之后，又有了三个女儿：玛丽亚、阿米娜、吾拉孜汗。石榴树一样，想着还是刚栽下，转眼已儿女满堂。

眼看着孩子一天天大了，阿力马洪的乡愁也一天比一天浓。想一想，出来二十年了！他思念收留了他、养育了他的青格里，他思念老家喀什噶尔……

波勒斯罕看着丈夫又去了布尔根河。她心里知道，那条长长的水流寄托着丈夫浓浓的乡愁。当年还是一个巴郎的丈夫就是循着布尔根河从青格里走到科布多的。

自小随父母在科布多草原逐水草而居，波勒斯罕在马背上长大。一顶毡房，一群牛羊，是赖以生存的全部家当，春夏秋冬他们跋山涉水迁徙轮回。一年里，大自然总要捉弄草原几次，且不说朔风劲吹、雪压草原的严冬，即便是在春风绿了草原的好日子里，也有老天爷说翻脸就来的冰雹，卷过草原寸草不留的蝗灾……让波勒斯罕揪心的是故土难舍，骨肉分离。

但是，当他们决心回青格里时，却已经回不去了：当年走出家门，去的是自己国家的科布多省；如今想回家的时候，紧靠着家的科布多已是异国他乡……只有山还是那架山，水还是那条水，在苍茫天地间。

新疆地名，尤其是天山以北各地地名，多为蒙古语命名。这与成吉思汗六过金山——阿尔泰山，有直接关系。

亚欧大陆腹地的阿勒泰草原，自古是人类文明的摇篮。早在战国时期，塞种人已在这里游牧。秦汉之际，先为呼揭游牧地，后为匈奴右地。公元前六十年，汉设西域都护府，统辖区域北抵阿勒泰。魏晋时，鲜卑游牧于此。唐玄宗时期，葛逻禄和乃蛮部落在阿尔泰山两边游牧，为北庭都护府管辖地。

凡是鹰飞过的地方

都是蒙古人的故乡

13世纪初叶，蒙古族崛起。这个从额尔古纳河丛林走出的古老民族，在公元第二个千年孕育出了一代天骄成吉思汗。在半个多世纪里，成吉思汗和他的子孙三次西征，以"上帝之鞭"统一了中原大地，建立了西极流沙、东尽辽左、北逾阴山、南越海表，横跨欧亚的蒙元帝国，版图空前绝后。

成吉思汗从蒙古高原六度金山，跨越青格里进入阿勒泰草原，征服乃蛮，横扫中亚，在阿勒泰草原留下了大批蒙元时期的文化遗迹。青格里三道海子神秘的巨石堆，民间传说，最大的那座是成吉思汗的孙子贵由汗的陵墓，是"大汗的挽歌"。

鹿是游牧民族崇拜的神灵，是通天界、冥界的灵使。新疆六十二通鹿石，青格里占三十九通。三道海子沟沟坎坎间，栩栩如生的三十三通鹿石千百年来诉说着什么？查干河东巨石上高约一米三、宽约一米，面南打坐的彩绘坐佛，可是在诉说盛极一时的佛教在处于草原丝绸之路要冲的青格里，如何兴衰荣辱？而巨石另一侧的梵文六字真言，又传递有什么信息？

——风情万种生生不息的青格里，你的山川大地承载有多少未被解读的历史密码。

云托月走的夜晚，仿佛还能看见烟火相望、号角相闻的烽火台。成吉思汗雷霆万钧的铁蹄踏过青格里，大汗幕僚、道教掌门长春真人丘处机进谏:"欲一天下者,必不嗜杀人","敬天爱民为本"以治天下,"清心寡欲为要"以求长生。道法自然,无为而治。

时逢农历中秋,丘处机登临阿尔泰山支脉苏布尔尕山,即景赋诗:

八月凉风爽气清,
那堪日暮碧天晴。
欲吟胜概无才思,
空对金山皓月明。

凿通东起蒙古高原科布多,西出布伦托海的军旅通途,是草原帝国史诗恢宏的一页。之后,这条通途不断延伸,成为东西方各族人民相互交往的重要通道。商旅把中原的丝绸、瓷器、茶叶源源不绝运往中亚、欧洲,又把欧洲及沿途各地的物产运往中原地区。这就是闻名中外的由中原经蒙古草原折向西南,越阿尔泰山到中亚、西亚和欧洲的丝绸之路大北道,也就是史籍中所说的"草原丝绸之路"。《中国历史大辞典》"丝绸之路"条目下记述:"支线出敦煌向北……由蒙古草原折向西南越阿尔泰山至中亚者。"

草原帝国史诗是恢宏的交响曲。

在英国史学家韦尔斯眼里,马背上的帝国征服史是"全部历史中最出色的故事之一"。

法国史学家雷纳·格鲁塞在历史名著《蒙古帝国史》中评说:

"蒙古人几乎将亚洲全部联合起来,开辟了洲际的通道,便利了中国和波斯的接触……将环绕禁苑的墙垣吹倒,并将树木连根拔起的风暴,却将鲜花的种子从一个花园传播到另外一个花园。从蒙古人的传播文化一点说,差不多和罗马人传播文化一样有益。对于世界的贡献,只有好望角的发现和美洲的发现,才能够在这一点上与之比拟。"

盛极而衰。

有一种鸟一生都在不停地飞翔,从不落地休息,它落地的时候也就意味着死亡。

踏平欧亚大陆的一代天骄陨落了,他曾经的帝国梦在子孙手中支离破碎:在俄罗斯建立的钦察汗国,在中亚建立的察合台汗国,在伊朗高原建立的伊儿汗国,在额尔齐斯河上游和巴尔喀什湖以东乃蛮故地建立的窝阔台汗国……都最终为新崛起的征服者取代。

世事沧桑。

康熙三年(公元1664年),清政府以数千里大漠为界,划分蒙古高原为内蒙古和外蒙古。

且不说乾隆年间科布多还是清廷参赞大臣辖统阿尔泰山南山北两麓厄鲁特蒙古诸部、阿尔泰、阿尔泰诺尔乌梁海部的首府,至清末,乌里雅苏台将军辖区仍包括外蒙古、俄罗斯联邦所属图瓦共和国大部分领土的唐努乌梁海地区、科布多地区,面积约为200万平方公里。而广义的外蒙古还包括《尼布楚条约》中被沙俄强行割让的贝加尔湖与额尔古纳河之间六十多万平方公里疆域。

鸦片战争后，西方列强入侵，《南京条约》《马关条约》……一系列割地赔款的不平等条约丧权辱国，腐朽衰败的清王朝把"天朝上国"的家底败了个精光。

清宣统三年（1911年）12月28日，外蒙古贵族在沙俄鼓动下宣布自治，"大蒙古帝国日光皇帝"哲布尊丹巴"登基"。蒙古贵族借助沙俄武力侵占科布多后又不断蚕食阿尔泰山北麓及布尔根河上游大片土地。

斯大林视外蒙古为苏联的屏障，出于自身利益，一直谋划外蒙古独立。民国十一年（1922年），斯大林与外蒙古达成协定：外蒙古同意苏联军队常驻外蒙古，苏联政府承认外蒙古独立。1934年，苏蒙签订互助协定。1936年，苏联军队大规模进驻外蒙古。1940年，在中国抗日战争最艰苦的阶段，斯大林授意，外蒙古与伪满洲国签订了"边界协定"。

1945年2月3日，第二次世界大战胜利前夜，美、英两国为了争取苏联对日宣战，不惜出卖中国利益，罗斯福、丘吉尔与斯大林交易的《雅尔塔协定》，堂而皇之地从中国版图上划走了156万平方公里疆域，绵延2000多公里的阿尔泰山，肢截得只剩一个伸向东方的头颅。

这其中，就有阿力马洪一家居住的科布多。

无论是1917年前的沙皇俄国，还是1917年后的苏维埃俄国，对中国的态度本质上没有不同——

弱国无外交。积贫积弱百年，中国已被挤出世界新格局。

其实，自辛亥革命爆发，群雄争霸，军阀混战，北伐，中原大战，一直到谈谈打打的国共内战，外蒙古已形成事实上的分离。

皮之不存，毛将焉附，远地边陲的青格里也难逃山河破碎的厄运。

阿力马洪只是个兼收毛皮的牧民，他一点儿也不知道，在他从青格里到科布多的这些年里，世界出了这么多事，他的祖国遭受了这么多屈辱。阿力马洪只知道，原来只要不怕路途辛苦，迈开双脚就可以往回走的青格里，如今却已是关山重重难归途。祖国于一个牧民，有时候是那么遥远，远得就像草地上觅食的一只羊，望着天上飘过的云，永远也够不着；有时候却又是这么近，近得就是羊嘴前的一把草。这么些丧权辱国的条约于阿力马洪一家和他们的同乡，就是想回青格里也回不去了，老家的人来科布多串个门也难了，祖祖辈辈逐水草走过春夏秋冬的日子没有了。

河水不问人世纷争。望着奔涌而去的布尔根河，阿力马洪想起哥哥告诉过他："只要顺着布尔根河走，就能找回家。"

布尔根河从科布多流向青格里，和大青格里河、小青格里河汇流一处，哺育着青格里的万物生灵，世世代代。

浮云游子意

落日故人情

在科布多,你常常会听到这样的问话:"你老家在哪里啊?"

"我的老家在阿尔泰,青格里。"

话音未落,他们就会紧紧拥抱在一起,热泪满面。

他们没有因为祖国积贫积弱顾及不了他们而冷落故乡,远在科布多的牧民对阿尔泰,对青格里的无尽思念一年比一年浓烈。相聚一处,在满是叹息的毡房,在手握酒瓶的草原之夜,他们唱深秋青格里河岸的白桦,唱走过四季的牛羊,还有夏日的斜阳……回故乡的路有多远,思念故乡的情就有多深。

阿尔泰山哟是金色的摇床
那是英雄辈出的地方
碧绿的草原像丝织的花毯
心爱的姑娘像天鹅在歌唱
阿尔泰山哟是金色的摇床
英雄喜爱自己生长的地方
假如叫我在异乡做一个国王
我情愿在故乡当一名靴匠

转眼间,长女阿尼帕十七岁了,已经长成亭亭玉立的大姑娘了。这一年的5月春风绿了草原,中国科学家到青格里卡增达坂科学考察的消息在科布多不胫而走。阿力马洪和乡亲们还听说,中国和外蒙古的关系解冻了,他们回青格里老家有希望了!

然而,现在回青格里可就是归国了。归国,按照外交程序,须从蒙古国转道北京再回新疆。那可是劳民伤财的大折腾,再说,还有相依为命的羊呢。

科布多就跟青格里挨着,为什么不能沿着布尔根河走回青格里呢?这时候,"祖国"近得就像羊嘴边的一把草,有祖国的帮助,居住在科布多的五十二户中国牧民获得就近归国的特许。

真要离开亲人了,离开从小长大的家,却发现有千丝万缕的牵挂。波勒斯罕知道,母亲回不去阿尔泰了,因为父亲已经埋在了科布多。就像系住毡房的牦牛绳,母亲会永远陪伴父亲。母亲不走,哥哥们就不会走。

1956年10月一个秋风送爽的日子,五十二户人家的骆驼队启程了。相处多年的邻居送了一程又一程,依依难舍。

阿尼帕的大妹妹玛丽亚正在放羊,慌慌忙忙抱起一只失去了羊妈妈的小羊羔,波勒斯罕朝着女儿喊:"路太远,羊娃子太弱,带不活,放下吧……"小羊羔似乎听懂了波勒斯罕的话,鼻子凑向玛丽亚的手心,轻轻地舔了舔,可着劲往玛丽亚怀里钻。阿尼帕看见妹妹的眼泪流了下来,轻声对玛丽亚说,带上吧……是啊,她们是前世有缘呢,这只弱生的羊羔落地时,玛丽亚一直看着它睁开了那双毛茸茸的眼睛。它是那样弱小,如果不是玛丽亚顾惜它,羊妈妈是带不活它的。玛丽亚抱着它去最美的草滩,一起喝小溪的水，呵护它度过春寒……玛丽亚跟着姐姐阿尼帕追上了妈妈。

骆驼队追随布尔根河流踏上了回老家青格里的路。

三峰骆驼五匹马驮着阿力马洪一家，牦牛绳系紧的两个小筐子搭在驼背两边，筐里装着怀抱小羊羔的玛丽亚和阿米娜。

几只羊边走边啃路边的草，紧跑慢赶地跟着。

晓行夜宿，一路艰辛，最辛苦的是怀有身孕的波勒斯罕，拖着一天比一天沉的身体颠簸在路上，饿了吃点儿干粮，渴了喝几口布尔根河的水，还要照顾没成年的孩子，只有大女儿阿尼帕默默地照顾着母亲。

布尔根河突然出现的河狸给枯燥旅途中的孩子们带来新奇和乐趣，也让阿力马洪兴奋起来：哥哥告诉过他，河狸只生活在布尔根河下游，这一段河面在科布多约有五十多公里，剩下的全在青格里。看到河狸就快到青格里了！

果真，卡增达坂山的冰雪银冠已在眼前。

翻过中国科学家考察的卡增达坂山，就是青格里。卡增达坂山是外蒙古进入阿尔泰草原的捷径。这座山有故事。卡增达坂，蒙古语，意思是"宽阔的山路"。相传，成吉思汗西征乃蛮部落，十万铁蹄兵阻卡增达坂山，卡增达坂山是蒙古高原进入阿尔泰草原的第一道险阻。《长春真人西游记》记载："其山（阿尔泰山）深谷长坂，东不可行。三太子出军，始辟其路。乃命百骑挽绳悬辕以下，缚轮以下。约行四程，连度五岭。"

> 金山东畔阴山西,
>
> 千岩万壑横深溪。
>
> 溪边乱石当道卧,
>
> 古今不许通轮蹄。
>
> ——丘处机《自金山至阴山纪行》

如日中天的马背皇帝一声令下,在大山脊梁开凿出一条兵进车行的大道,铁蹄战车翻山越岭挥师西征,降服乃蛮,横扫欧亚,一代天骄命名这条西征大道为"卡增达坂"——宽阔的山路,命名挡不住蒙古铁蹄的山为"卡增达坂山"。成吉思汗有感"天道神授",铸钟铭文悬挂道旁古树。钟铭蒙、汉两种文字:成吉思汗大道,过往者下马鸣钟。不绝钟声响了724年。1928年,古钟不翼而飞,有声的历史自此不再,只留下荒山枯草给百年国耻平添星点凄凉。

山中古道,最宽处竟有八米!路的一侧是海拔三千多米的卡增达坂峰,另一侧是绝壁悬崖。

终于到了布尔根河北岸的布尔根村。这已是雪落青格里的11月。

与青格里一样,日久,河流流出了一方地名。当地习惯叫的布尔根,是头台——科布多,经达布松通往二台——萨尔托海的必经之地,许多历史事件中,"布尔根"都赫然在目。

11月的阳光在布尔根河面的冰层上撒满了闪烁银辉。两岸林木也已铅华尽洗，只有白桦不失风韵。河柳也依然丝垂万千。冰层下依稀可闻水流声。河流不屑人世纷争，从远古流来向远古流去。

阿力马洪渐渐找回了离开家园时的情景，疲惫一点一点地从他脸上退去。"回来了！孩子们……"

回家的路这样漫长！出门时英俊、充满活力的巴郎，还乡时已是一步一喘的老汉了……

漫长的归途啊！

五十二户归国人家选择了不同去向：两户人家回了四川老家，十三户留在了阿勒泰，另外的有去了乌鲁木齐、喀什噶尔、奇台、吐鲁番的，阿力马洪和亚和甫两户人家留在了青格里。

青格里，位于阿尔泰山东南麓，与蒙古国毗邻的高原。千百年来，冰雪融水汇聚而成的大青格里、小青格里和布尔根河、查干河、乌伦古河五水环绕，滋养出了一方山林草原，也养育着民风淳朴的哈萨克、汉、蒙古、回、维吾尔族的众多华夏儿女。

谢彬的《新疆游记》在民国六年（1917年）十月十四日记：昨今两日所经青格里河流域，树木稠密，草场广宽，地味肥沃，旧多屯田。

风流总被雨打风吹去，俱往矣。辽阔的俄罗斯大地哪里还有一代天骄的金帐汗国？波斯湾也不见蒙元帝国的伊尔汗国……响遏云天的嘶鸣随风吹过，雷鸣大地的蹄音被青草淹没，只有花园里传播的种子年年发芽。

回到青格里的12月，波勒斯罕为这个已经不小的家又添了一个女儿。出生在青格里的哈丽恰姆让妈妈波勒斯罕在青格里安下心来。

草绿草黄间，到青格里四个年头了，最小的儿子哈帕尔在最不该出生的饥荒年月来到了人世。哈帕尔还没满月，血乳耗竭的母亲波勒斯罕病倒了。

感知自己将不久于人世的波勒斯罕，短暂地回光返照，叫来儿女，让大女儿阿尼帕给自己梳洗干净，交待她照顾病中的父亲，带好弟弟妹妹。阿尼帕永远忘不了那一刻母亲看着她的眼神。

阿力马洪伤心过度，波勒斯罕去世六天后，他也追随妻子去了，把六个弟弟妹妹留给了孤苦无助的大女儿阿尼帕……

小 黑 鸟

春、秋转场——草原流传世代的传奇

小黑鸟

拍着翅膀飞来了

飞来了

翅膀下系着一颗

黑黑的小玛瑙

……

孤独的小黑鸟

飞得多辛劳

可怜它不肯落地

苦苦地鸣叫

……

热孜万古丽唱给姨妈阿尼帕的哈萨克族民歌《小黑鸟》:"我的阿尼帕妈妈就是一只小黑鸟。"

母亲，去了青格里的草地；父亲，去了青格里的草地，他们永远不回来了……花季少女阿尼帕觉得天塌了……炉灶里的火不能熄灭，往后的日子还得过下去，可是她翅膀的羽毛还不丰满，不能像母亲那样给弟弟妹妹遮风挡雨，让张着嘴的弟弟妹妹吃顿饱饭她都做不到。

围在阿尼帕身边的大弟弟霍帕尔十六岁，大妹妹玛丽亚十三岁，阿米娜十岁，吾拉孜汗五岁，哈丽恰姆不到三岁，最小的哈帕尔……弟弟妹妹的目光聚焦在他们的大姐阿尼帕身上。

阿尼帕遭遇的时代带给她太多苦难。盛世才统治新疆，阿尼帕的先辈逃避祸乱去了外蒙古，饥饿、寒冷，还有一次又一次的搬迁是阿尼帕的童年记忆。随父母回到青格里，根还没扎牢实，父母又永远离开了她……小妹妹哈丽恰姆一声"妈妈"，阿尼帕心中那道苦难岁月筑就的坚强堤坝瞬间崩塌了。她禁不住放声大哭，姐弟七人哭落了夜空寒星，哭来了邻居阿姨。

好心的邻居阿姨给姐弟几个送来食物，叹着气对阿尼帕说："生活生活，不就是生下来还要活下去嘛，阿尼帕，你要带着弟弟妹妹活下去啊！"

阿尼帕却不知道怎样才能养活六个弟弟妹妹。

"有一条活路，只是太委屈你……"

"只要弟弟妹妹不饿死，我都愿意。"

邻居阿姨看着阿尼帕的眼神有些犹豫："孩子，嫁人，你愿意吗？"

阿尼帕的眼泪跟着邻居阿姨的话音流了下来。太阳落到了山后，雪花从天上飘落，小黑鸟找不到栖身的树窝。生活却还要继续，就像千百年来踩出的牧道，在草原的意志下，牧人和羊群冬去春来告别出发。

阿尼帕对邻居阿姨说，她愿意嫁人，但是一定要带着六个弟弟妹妹出嫁。

你要是嫁人不要嫁给别人
一定要嫁给我
带着你的嫁妆
带着你的妹妹
赶着马车来

维吾尔族小伙儿阿比包没有想到，新疆民歌《达坂城的姑娘》就像是唱给他的。

阿尼帕也没有想到，真有人愿意一结婚就养一大家人。

阿尼帕嫁给了阿比包。她没有嫁妆，只有六个弟弟妹妹。也没有马车坐，走到了阿比包的地窝子。自此，阿尼帕结束了短促的青春花季，过早地担起了生活赋予一个女人的天职。

感谢真主，迫于生计的婚姻，却因真主顾惜，似乎前世有约，好人儿遇上了好人儿。

即使是没有一片叶子的枯枝，小黑鸟终有了可以依偎的怀抱。

比阿尼帕年长十岁的阿比包从部队转业到县公安局，因为孤儿的人生经历，阿比包心地善良，热情包容，是个知冷知热的好小伙儿。他心甘情愿和妻子一起挑起抚养弟弟妹妹的担子。

天道酬勤。阿比包、阿尼帕带着弟弟妹妹努力创造新生活，翻过年，阿尼帕有了自己的头生子贾帕尔。真是和玛丽亚带来的小羊羔有缘呢！这只弱生的羔子坚强地挺过了长途跋涉的艰苦，翻过年，青格里的水草强壮了它的筋骨，充实了它的精神，它也繁衍了一个家族，在主人家最困难的时候，它一家可是帮了大忙。

日子眼看着一天天红火起来。

无论怎样努力，个人命运永远脱离不开时代、国家的运道。就像孙猴子再有能耐也跳不出如来佛的手掌。

中苏两党两国关系经过短暂的朋友加兄弟，很快发展为由两党交恶到两国交恶。受中苏关系影响，中蒙关系阴阴晴晴。1962年4月，中苏西北边境爆发第二次世界大战后最大的边民外逃事件，"伊塔事件"波及中蒙边境，草场争斗激烈，中蒙关系骤然紧张。

公安局领导突然找阿比包谈话，先是讲国际形势如何紧张，反修防修如何严峻，中苏中蒙边境冲突严峻；然后一遍遍地问他妻子一家如何从蒙古国回国的情况；最后，领导严肃要求阿比包和妻子一家划清界限。

阿比包不解，迷茫。妻子一家历经千辛万苦回到老家。他们爱青格里，爱祖国，他们结婚后，家庭和睦，弟弟妹妹健康成长，他们也有了自己的孩子，他们一家有什么界限呢？边境冲突怎么就平白无故牵扯到了妻子？

阿比包更没想到，公安局通知他"不要再来上班了"。

根正苗红、前途光明的阿比包，一夜之间没有了单位，失去了工作……

因为"祖国"，羊嘴边的一把草没了：阿比包一个月九十多元的工资停发了。对一个十口之家来说，这是更为严峻的现实。

从天而降的沉重打击，让阿比包百思不解，没有答案。不少人为他惋惜，也有人出主意"离婚"，甩掉沉重的包袱。阿比包一时难以从这一重大变故中走出来。

阿尼帕在青格里河边找到她的阿比包。这让她想起夕阳里久久望着布尔根河的父亲。一个男人要为家承受多少苦难啊！善良乐观的阿比包现在一天没有一句话，望着河水的眼神呆滞，阿尼帕担心、心疼她的阿比包。她一进门，就把六个弟弟妹妹带进了这个家，让他和自己一起拉扯弟弟妹妹受苦受罪。现在又因为她从科布多回来连累他丢了工作……是她拖累了丈夫，改变了他的命运。不该让一个好人承受这么多苦难，这不公平。阿尼帕想来想去，要不要和她的阿比包分开……

夜里，阿尼帕轻声细语："我们分开吧，太拖累你了……"

阿比包轻轻握住妻子的手，阿尼帕感到，一滴热泪落在了她的手上。

月色如水。

河水长流，生活继续。阿尼帕默默操持着贫困的家，挤牛奶、捡牛粪，想方设法填饱一家人的肚子，孩子们衣服的补丁也要补得周正好看。牛粪慢火熬出的茶香，牛粪火烤的馕金黄金黄。阿尼帕竭尽心智，把一个女人对丈夫的疼爱温存化入生活中的每一个细节。

阿比包、阿尼帕是这个大家庭的顶梁柱，他们有着无须言语的默契。日子再穷再苦，他们也从不在弟弟妹妹和孩子面前怨苦。

阿比包被迫离开公安队伍后，去了铁匠铺学打铁。打铁是个力气活，学徒只能抡大锤。一天下来，腰酸背痛，走回家的力气都没有。一家人张着嘴呀，咬牙坚持，天天顶着一幕星斗去铁匠铺，从炉膛里夹起烧红的马掌，十二磅的大锤抡起来，铁花四射。不到一年，阿比包打的马掌、坎土曼有模有样。牧民兄弟拿着马掌比试的高兴劲儿，让阿比包很有成就感。只是打铁先要身板硬，饿着肚子抡大锤，铁打的汉子也撑不住。记不清有多少次，阿比包抡起的大锤砸伤了自己的脚。

这个大家庭一路走来，总也甩不掉饥饿的纠缠。孩子们正是长身体的时候，家里一年也吃不上几次肉。累了一天的阿比包常常拖着疲惫的身子到屠宰场收拾别人不要的牛肠、羊肠。阿尼帕翻洗干净羊肠、牛肠，再灌满面糊蒸熟，有营养又好吃的"粉肠"至今仍留在孩子们的记忆中。

阿尼帕就像个陀螺,从天明到天黑,她一直转啊转,操持完人的事还要忙着喂养牛。家里养了奶牛,却舍不得喝牛奶,牛奶要用来卖钱买粮食。有次,阿尼帕忙得忘了挤牛奶,小牛犊挣断绳子吃光了牛妈妈的奶水。好脾气的阿比包大发雷霆,没有牛奶就没有钱买粮食。

为了一大家子的嘴,阿尼帕和阿比包打土坯卖。一块土坯能卖一分二厘钱,一晚上打三百块,就有三块二毛钱。他们在房后平出一片土坯场子。打土坯看上去简单,其实不单要讲究技巧,还是个力气活。一早就要把土泡上,土和水的比例一定要适当,泡上一天,泡得没有硬块了,铁锹至少翻腾两遍,泥揉得跟蒸馍的面一样了,才能装模子。沙子筛过,才能往土坯模子里摔泥巴。泥巴要填满模子的四个角,打出来的土坯才周正。得使劲摔,泥巴才能挤满填实模子的四个角。

白天有白天的活儿,要赶天不亮,把土坯打完。5点来钟,阿尼帕、阿比包就在土坯场子忙开了。阿比包往土坯模子装泥,阿尼帕端土坯模子。取土坯模子也有技巧,用力均衡,动作利落,土坯的模样才俊俏。

起初,无论他们怎样用心思,总也打不好,于是就向汉族邻居老冯求教。老冯的土坯打得又快又好,在土坯场子上,老冯示范,阿比包、阿尼帕跟着学。

一个人顶两个人的劳动强度,锅里煮的是洋芋,笼里蒸的是玉米面苜蓿菜团子,能吃上一顿没有肉的抓饭也是一家大小的奢望。

有一天，阿尼帕端起土坯模子后突然一阵眩晕，跌倒在地。阿比包这才发现妻子怎么胖了？胖得眼睛睁不开了。这不是胖，是饥饿、营养不良引起的浮肿。阿比包抱着妻子阿尼帕，心疼得失声痛哭。

阿热勒乡叫红旗公社，查干郭勒乡叫东风公社，沙尔托海乡叫跃进公社那些年，阿比包、阿尼帕已经有了贾帕尔、阿不都热索里、卡丽曼。家里换了一口大锅，大小十一口人，原先的锅嫌小了。

同学们喊口号闹革命，玛丽亚就悄悄跑到库尔迭宁村碰运气，看能不能找到填肚子的东西。她实在是太饿了，村子关门闭户，一声狗叫都没有，别说洋芋，连个冻萝卜都寻不上。玛丽亚往村外的雪地去，她记得村外有一片豌豆地。

扒开雪层，果真有一片倒地的豌豆。好不容易把豌豆装满衣服口袋，两只小手也冻成了红萝卜，僵硬得再也抓不住豌豆了。

玛丽亚急急忙忙往家赶，她想让姐姐姐夫和一家人吃顿豌豆饭，但冻得太久的腿脚却不再那么听话，跑着跑着就扑通一声跌倒了，口袋里的豌豆洒落在雪地。雪把豌豆藏起来了，玛丽亚找不见豌豆，坐在雪地上伤心地哭，哭啊哭，哭得老天也动了恻隐之心，玛丽亚快要冻僵的脚突然蹬出一片雪层下的麦子！再蹬一蹬，麦子更多了！

原来，远在天边的青格里也躲不开"文化大革命"，大家慌着闹革命，麦子地没顾上收。

玛丽亚不哭了，她用力扒呀扒。衣襟兜满麦穗往家跑时，天已经黑透了。

阿尼帕不知在院门望了多少回，终于看见了跑回来的玛丽亚。玛丽亚让姐姐看衣襟兜着的麦穗，冻僵的小手已伸不开了……阿尼帕把妹妹抱在怀里，泪水不禁滴落在玛丽亚冰凉的脸颊。

"真是别人不要的吗？这么好的麦子……"阿尼帕问妹妹玛丽亚。

往年，也去红旗、卫东公社的麦子地捡麦穗，库尔迭宁也去过。收割过的麦茬地躲不了人，不敢抬头，做贼一样。收割过的麦地也有人看，看麦地的人远远走过来，捡麦穗的人拽上装麦穗的布口袋可劲儿往地边的林子里逃。一旦被看麦地的人逮住，捡的麦子没收，装麦穗的布袋子也没收，还要挨顿骂。骂也罢打也罢，你都不能还口，你是短了理的贼不是？

"玛丽亚，你真看清没人要了吗？饿一顿忍一忍行呢，脸没有了咋办呢？"

姐妹俩带着卡丽曼出门时天上开始飘雪花。下雪天不冷啊，进了麦地，阿尼帕拂去头发上的雪花，抹掉睫毛上的冰珠。扒开田垄上的积雪，成把的麦穗从雪层下弹了出来。她真不敢相信！难道是胡大可怜饿肚子的人吗？揪下一穗沉甸甸的麦子揉搓了几下，吹去麦壳麦芒，饱满的麦粒黄澄澄地躺在阿尼帕的掌心，"多好的麦子啊！多好的麦子啊……"阿尼帕拢住一把把麦穗，嘴里不停地说:"胡大胡大,这是胡大的意愿吗?胡大也不愿意看见他的娃娃饿肚子吗……"她把一把一把的麦穗装进布口袋,不停地感谢胡大感谢麦子。白雪覆盖的麦田温暖着她的心,她的心不慌了。卡丽曼涌出眼眶的泪水顺着脸、下巴,垂吊出晶亮的小冰粒,她双手飞快地把雪层下的麦子扒出来,把麦穗捋下来,装进口袋。她长出一口气,抹着脸上的小冰粒,使劲儿闻了闻麦粒,新麦打的馕的香甜味弥漫开来,雪中麦田,你可真让人开心啊!

青格里自有农耕始,就留下了一个传统,割麦时田头地边是不割的,遗落麦田的麦穗也是不捡的,这些都是要留下来给没有粮食吃的人。成垄成垄没割的麦子还没有遇见过。

雪一直下着,不知道要下多久。阿尼帕眼里却没有飘落的雪,她眼里是阳光明亮的大地,遗落麦田的麦穗。

　　　　她站在麦田里,麦秆齐胸口,
　　　　金色的晨光拥抱她全身,
　　　　……
　　　　那发丝,乌黑得没法形容,
　　　　长长的睫毛掩映着明眸,
　　　　眸子里一片亮光在涌动。
　　　　……
　　　　她站在
　　　　麦堆中间,赞美着上帝:

"若说,我可以收割,你只许

拾穗,这不是上天的意思"

……

这是英国诗人托玛斯·胡德(Thomas Hood,1799—1845)一首题名《路得》的诗。主人公路得是《圣经》中的人物,她为了养活丧子的婆婆,在波阿斯的麦田里拾麦穗。

这年冬天,玛丽亚和妹妹阿米娜、哥哥霍帕尔一次次跑到库尔迭宁村没收割的麦地收回麦穗,阿尼帕把雪地捡来的麦穗脱粒,然后用阿比包做的"捣窝子"捣烂麦粒,煮成浓浓的麦子粥。

吃着掺有羊奶的麦子粥,望着清冷的月光里的家门前的桦树,玛丽亚想着姐姐多像这棵挺拔的桦树啊。冬天的暴风雪袭来时,它弯下腰,暴风雪过后,青格里走进春天,它又直起了腰,看着太阳笑呢。……弯腰不是屈服,是躲过劫难,我的大姐。

库尔迭宁村这片没有收割的麦地,是阿尼帕家最温暖的回忆。青格里每年春天都要过"纳吾鲁孜节",食品中的麦子粥让阿尼帕怀念一家人艰辛却也温馨的日子。

卡丽曼是阿尼帕的长女。她说,娃娃里面她是姐姐,啥事都要让小的;和姨姨、舅舅比,她又是小的,啥时候也争不过大的,从小干活多,吃苦多,挨打挨骂也多。

小时候最深的记忆就是饿。我们就像树洞里一群还不会找食的小鸟，张着嘴等啊等，时常是一直等到太阳下山星星出来，才见妈妈疲惫不堪地挤进家门。吃上只有妈妈才知道是从哪儿弄到的洋芋、胡萝卜、黄黄的玉米馍馍。要是哪一天吃上有葡萄干的羊肉抓饭，我们就高兴得自以为是高贵的公主了！这会儿，妈妈脸上就露出了笑容，说，吃吧，吃吧，只要妈妈在就不会让你们挨饿。

青格里出生的哈丽恰姆是阿尼帕最小的妹妹，她没有爸爸阿力马洪、妈妈波勒斯罕的记忆。

那时候我才两岁多一点儿，在我心里阿尼帕是妈妈阿比包是爸爸，上小学三年级了还是这样说呢。长大了懂事了，才知道他们是姐姐、姐夫。

填表的时候，父亲一栏还填的是阿比包，母亲一栏填的是阿尼帕。从小到大，我们没有觉着自己是孤儿，姐夫阿比包去世了才知道，我们失去的不是姐父，是父亲！

阿尼帕的四妹吾拉孜汗是坐在骆驼背上的草筐里晃到青格里的，童年的记忆如雾里看花水中望月，成长的经历倒是刻骨铭心。

姐父阿比包真是个有情有义的男人。多重的担子啊！为了我们一家受了多大的委屈！却从没有打过我们，没有骂过我们，连一句牢骚话也没有说过。日子过得清苦，可一家人和和睦睦，再苦心里也是甜的。

说到几个姨姨，阿尼帕的小女儿热黑曼笑了："小时候从来没有想着她们是我的姨姨，一直把她们当成了自己的姐姐……"

"我妈妈像天生有埋藏悲伤的心胸，她的眼泪只往自己肚子里流。我的贾帕尔哥哥差点儿送人……"

贾帕尔出生的时候，日子最难过。阿尼帕的父母去世了，阿比包在青格里又没有一个亲人，因为自己一家从科布多归来的株连，丈夫又失去了工作。

　　孤独的小黑鸟
　　飞得多辛劳
　　可怜它不肯落地
　　苦苦地鸣叫

仗着年轻，阿尼帕月子里就下地干活了。操持着一大家子的饮食茶饭，还去铁匠铺帮阿比包的忙。

有一对哈萨克族夫妇看他们日子过得实在艰难，时常给他们一些周济。这对结婚多年的夫妇一直没有孩子，一抱起贾帕尔就不想松手。贾帕尔和他俩也有缘分，一见他们就笑得手舞足蹈愈加可爱。有一天，哈萨克族夫妇终于向阿尼帕表白了收养贾帕尔的心愿。

日子过得实在是辛苦！少一个孩子，多少省出些口粮，多一些精力；他们没有娃娃，会对贾帕尔好，贾帕尔到他们家也少受一份罪。

"给他们吧。娃娃太多了，实在没有别的办法。再说我还年轻，以后家里好过了，还能生……"阿尼帕劝说丈夫，阿比包一直不说话，最后点了点头。

阿尼帕给儿子换上洗得干干净净的衣服，还戴了一顶漂亮的小帽子。她抱着儿子正要出门时，弟弟妹妹团团围住了她，哭着叫着贾帕尔的名字，拽住姐姐不让她走。

他们给姐姐保证，好好学习，放学后早早回家，帮家里干活儿……

母爱天大。送走自己的亲生骨肉，阿尼帕怎能不心疼？弟弟妹妹的哀求触动了她压抑的情感，儿子的哭声像刀子一样剜在她的心头，阿尼帕搂着弟弟妹妹落泪无声。

贾帕尔留了下来。

经过这件事，孩子们似乎一夜间长大了。哪个孩子的老师都说，你们家的娃娃进步怎么这么大？学习用功多了，成绩好了。放学后，女娃做家务，大娃娃带小娃娃；男娃娃去林子里捡柴火，到河里挑水。上中学后，每月有六元助学金，男娃女娃一分钱舍不得花，全都交给阿尼帕补贴家用。

孩子们成长的岁月，青格里的粮食还不能自给，本地产的豌豆成了口粮。马拉石磨磨出的豌豆面粗，一家人去河边滩地山根阴坡找野韭菜、苜蓿、蒲公英。阿尼帕和着豌豆面捏菜团子。她今天掺上些牛下水熬出的油，明天又把林子里采的沙枣花揉进去，整日里琢磨着咋样让菜团子好吃些。

日出而作，日落而息；山高水急，岩羊河狸；三叶草、马奶子草、草原菊、山芍药；春草接羔，下雪冬宰；气息相通，尊严面世……一个人的童年经历，往往影响他的一生。漂泊他乡的童年，催生草原古老的普世情怀，这或许就是阿尼帕的母性底蕴。

青格里民谚说，大地承受不住的东西，心可以装下。

　　小黑鸟
　　拍着翅膀飞来了
　　飞来了
　　翅膀下系着一颗
　　黑黑的小玛瑙

什么叫青格里的冬天

难忘童年上学路上

不论是白雪皑皑的冬天，还是青草漫坡的夏天，天不亮，一群一群的羊开始往这里汇集。赶羊的人大都熟悉，相互招呼着。一般来说，冬天比较热闹。

阳光透过晨霜缠裹的树梢，停留在了羊身上，羊身上的霜露很快化成一层密集的水珠。各色各样的马浑身冒着热气腾腾的雾气。

青格里城边边的羊市，天天都上演着这一幕。牵着马的牧工吆着一群群羊从阿热勒乡、查干郭勒乡、远些的沙尔托海乡……赶在天亮前汇集这里。牧工拖着困乏的身子，头缩进少皮没毛的大衣筒子里，手揣在毛筒子里，嘴角叼支自己卷的喇叭筒，等着太阳出来。

天亮，羊有了新主人，各自散去。即便是有雾的雪天，老马也能走回自己的家。

这一天，羊市多了阿比包的身影。他靠着的老马身上也散发着水汽。他还回不了家，他要赶上新接手的羊群往乌鲁木齐赶。

家里刚有了点儿热气，红了多年的铁匠铺倒闭了。阿比包没有了舍力气的地方，一家人的生活又没了着落，打土坯挣的馕顾不全一家人的嘴。除了打土坯，阿比包还得去羊市宰羊。宰一只羊给一副羊下水，一副羊下水能换五毛钱，一晚上宰十只羊就是五块钱呀！

青格里草原，羊离不开人，人也离不开羊。男人有一手宰羊的绝活，有面子。宰羊是一门手艺，这门手艺要力气凭经验。

每天一早，从羊市把要宰的羊赶到山坡上，要宰的羊先头低尾高顺倒，再把两只前蹄一只后蹄绑住，散开一只后蹄不绑。这时，阿比包开始念叨不知念叨了多少遍的"你生不为罪过，我生不为挨饿，原谅我们"，然后抽出锋利的宰羊刀朝羊脖子上一抹，只听羊一声无奈的"咩"，鲜血已顺着刀口而下。没绑的后腿空蹬着，这样羊的体内不会窝血。血流尽，阿比包提起羊后腿，在腿腕处切一小口，拿一根细长的木棍顺着切口插入羊腿皮肉之间，阿比包用嘴对着切口用力吹气，不一会儿羊就圆鼓鼓的像个皮球。这时候，阿比包洗净手和宰羊刀，开始剥羊。他先把羊腿的皮剥开，又用刀尖小心地挑开羊肚子的皮，在切口处分离皮肉。之后，左手执羊皮，右手握拳揣进皮肉之间，三两下冲撞，皮肉分离。拿出洗净的宰羊刀割下羊头，再把剥好的羊悬挂在铁架子上，摘除内脏,最后剔骨。剔骨最讲究,不砍不剁,刀锋过处骨肉分离。好手艺剥出的羊皮不能有刀洞,光洁不见肉。羊骨根根节节不见刀痕。

成就手艺的经验,一天天一年年地积累;想一想家里辛劳的阿尼帕和饥饿的娃娃们,力气也就有了。

供销社主任看上了阿比包宰羊的手艺,招聘他到供销社宰羊、放羊。

宰羊又放羊,收入多了不少。宰羊隔三岔五总能落下些羊下水。一起干活的托合塔别克是个好心人,他知道阿比包家的困难,剩下的羊下水都让阿比包带回家。刚开始,阿比包不好意思占公家的便宜。托合塔别克劝他:"卖不掉的羊杂碎,你不拿也要扔掉。"宰羊放羊有羊粪烧,还有羊皮穿。

没那么便宜的事啊,忙着宰羊,顾不上放羊;忙着放羊,又误了宰羊。没几天,放羊的活儿不得不交给阿尼帕。

阿尼帕决定把家搬到后山。

后山,有青格里成就的青龙湖,有青格里滋养的大草滩,只在春秋转场时节,才能看见大草滩上有几处毡房。后山草滩上,冬天的太阳一暖就暖在了人心里。后山草滩上,夏天的月亮长眼睛呢!冬天的月亮也长眼睛呢!

置家创业十分艰辛。阿比包领上家里的男孩子就地取材,用山上的石头砌起了高高的房基。杨树、桦树杆子搭盖屋顶,麦草和泥给房子戴了顶大大的草泥帽子。夏天的雨,冬天的雪都不怕啦！拌了牛粪的泥浆抹墙，再涂上一层白石灰，这样的墙啥样子的寄生虫也藏不了身。

　　从山上到山下，是极陡极陡的碎石坡，阿尼帕一家上山前没有路。房子盖好，院子打好，一家子上上下下走出了一条羊肠子一样的山道。从河谷攀上山野间起伏的丘陵，走着走着，有些起伏就像青格里水面上的黑鱼脊背，有些成了光秃秃的断头崖，冬天雪掩住了它，草绿了的时候，只有太阳硬生生地烤着它了。再往前，天伸向了冰蓝色的远方。河畔上成片的桦树一棵一棵，手拉上手，把青格里揽进了怀里。山背阴的红松林，起起落落的，把桦树林和红松林隔断的是一大片一大片黄的草原菊，红的野芍药。许多年以后，卡丽曼还说："我们后山的房子，不仅我们住，星星和月亮也住呢！"

　　后山有狼。熊和鹿也时有光顾。狼夜黑了出没，狼只要捕捉到羊的气味，再远都会跟过来。狼祸害了羊，它们得赔偿。阿尼帕、阿比包轮流睡在羊圈里，守护羊。冬夜，他们和羊相依为命。狼和他们斗智斗勇，总有防不胜防的时候。有次，狼悄无声息地溜进羊圈咬死了五只羊，扣了阿比包两个月的工资。

　　还得防人。人饿极了，就顾不了礼义廉耻。

　　除了放羊，阿尼帕还在供销社揽了一份清洗羊肠的活儿。洗一副羊肠两毛钱。羊放在山坡，牧羊犬黑子和黄黄各拦着一边，阿尼帕走到青格里可见水底卵石的浅滩洗羊肠。洗一阵儿，阿尼帕就直起腰，视野里羊群悠然，黑子、黄黄忠于职守，她又弯下腰继续手中的活，为了多挣两毛钱，再多挣两毛钱，阿尼帕在冰凉的秋水里一站就是大半天。手冻得不知道痛了，腿酸得不是自己的了。多两毛钱，弟弟妹妹就能多吃两个热馕；多两毛钱，娃娃就能多啃一块羊骨头。再说，弟弟妹妹一个个上学了，要用钱的地方越来越多了。

到了入秋宰羊的季节，冰凉的太阳照在河面冷森森的，羊子过河试几试都不敢下水。河面扫过的风更冷，小刀子样嗖嗖地割人呢。站不一会儿就觉着浅可见底的河水晃啊晃，晃得人头晕目眩站不住。

河面上只有母亲孤零零的背影。寒风里秋草可怜地抖动着。石头上盘着一圈圈羊肠……这一幅滴着泪珠的画面长在我心里了。

卡丽曼说，青格里可怜苦人儿呀，冬天再冷，冰层下的水也哗哗地流着呢。她说，太阳一落山，就眼巴巴地等妈妈回来。太阳一掉到山背后，就冷得人发抖，牛啊羊啊早早就溜回了棚圈，她们点着炉火，看着往上的炊烟由细变粗，由浓变淡，直到望不见了，妈妈还没回来。她们一会儿这个朝路上望一阵，一会儿那个望一阵，越望越着急，最后，四周静得一点儿声息没有，只能听见炉火的呼吸。

等你望得不望了,我妈突然就到家了!一进家门,搂搂跑上去的这个,抱抱跑上去的那个,说,哎呀,又看见我的娃娃了!我不累了,我不冷了,我高兴得就像睁开眼睛,太阳就在天上一样!

秋黄了,羊肥了,供销社发愁咋把羊卖出去。青格里距离乌鲁木齐五百多公里,到阿勒泰四百公里,那时一个县也没有一辆汽车,牛羊肉、皮毛外运是难题。牛羊出栏后,大多是长途跋涉游牧外地。从青格里赶着几百只羊到五百多公里外的乌鲁木齐屠宰场,不出一点儿意外,一个来回也得三四个月。再肥的牛羊也跑成了骨架子,人遭的辛苦更难说了。别人躲着的苦活儿累活儿阿比包揽去,还不都是为了多挣几个钱,养家糊口。

临出门,阿尼帕总要忙上几天,给丈夫缝上一个新干粮口袋,打上一馕坑放葱花芝麻的馕;换洗衣服和她手织的毛毯不能不带;穷家富路,家里的一点儿积蓄全塞进丈夫衣服的夹层口袋里。阿比包知道家底,掏出妻子塞给他的钱留出一半:"你和娃娃不活了?"

父亲走时给我们说的归期谁也不会忘。快到这个日子了,一家人就在盼望父亲回家的思念中走过一天天。我们几个人每天都去路口那棵大柳树下等,一天比一天等得长,却没有迎上归家的父亲。太阳早已落在山后了，我们还远远地望着越来越朦胧越来越拉近的路，一线希望在每天午后的眺望中延续着……

卡丽曼说，原先父亲不在时，从没像这次一样感到担忧、无助，总以为只要妈妈在身边就安全。这次，她们眼看着路口大柳树的叶子一天比一天少，一直到树上一片树叶也不见了。

我们等啊等，从秋天等到了冬天。

青格里的严冬来到了。什么叫青格里的冬天？玛丽亚、哈丽恰姆、卡丽曼、阿不都瓦依提……还有祖农，对青格里冬天的记忆，除了一坑馕还没进嘴就没了的饥饿感，就是让人胆战心惊的寒冷。那是能钻透骨头冰到心里的冷！

"下头场雪，河里的水还没结冰，水面上冒着浓浓的水汽，你以为水不冷？把手伸进水里试一下，立马冻得你脑袋裂开了一样地疼……"

炕上睡得香呢，我妈拍醒我：卡丽曼，起来了起来了！河里提水去。再不情愿，我也会快快穿上衣服，擦一把脸，提上水桶推开门。噢哟，我的妈妈！一晚上雪把青格里变了颜色，山没了山的棱角，天和地接在一块了，只有我们家的炊烟给白色的天地添了些颜色。

从家到河边,我的双脚推出了一条路。手中的桦木棍棍帮了大忙,雪下是冰,冰下的泉眼冒热气呢,用桦木棍棍捅开冰壳子,清清的泉水装满桶,我的棉靴子、羊毛袜子也湿了,刺到骨头里的冷啊!眼泪没等流出来就冻住了。哎呀,我们青格里的冬天,一来就是大半年……

先是黑沉沉的乌云步步紧逼,把天上的太阳揉搓成了一团混沌的羊毛。雪紧跟着来了,由缓而急,由飘而洒。雪终于把天压得低下了头,低到天终于和地接在了一起。

风骤然而起!

山里人不怕雪。再大的雪也不怕。没有雪还能叫冬天吗?没有雪的冬天不囫囵,日子不囫囵,来年庄稼旱,草场荒。旱天多灾,蚂蚱扫一遍,荒了的草场三两年也缓不过劲儿。山里人爱雪。

山里人怕风。怕骤然而起的西北风,那就是萨满施法,大地山川都不在它眼里了,陡然旋起一根根雪柱,排山倒海地压过来,劈头盖脸地砍过来,陷有形于黑洞,置万物于绝境,直搅得周天寒彻,这就是草原传说千年的"白毛"——暴风雪。

白毛来了出不了门。卡丽曼她们回忆,最冷是1976年的冬天,零下四十多摄氏度的天气持续了个把月,青格里这一年的寒冷比过了东北的漠河。卡丽曼她们几个丫头调皮,端一盆水到屋子外慢慢浇,水流浇出了一根冰柱。怀羔子的母羊全搬进了屋子,垫上了厚厚的草，这么冷的天，怕它们流产呢。

青格里无边无际的夜冻僵了。月亮冻得也不知躲去了哪里，只剩下冰凉的星星吊在半空中。

阿尼帕家的泥屋土院孤零零缩在后山冬夜的皱褶里。寒冷的夜像个巨大的抽风机，屋内炉火呼呼作响。我们的牛粪饼哪里能这么烧啊？听阿尼帕这么说，孩子们用炉铲把牛粪饼压实些，再把风门关到最小。那些年，牛粪饼是草原抵御寒冷的主要燃料。把牛吃了草后排出的草渣加工成牛粪饼，在太阳下晒一个夏天，一点儿臭味也闻不到，烧起来还散发出一股草香味儿。牛粪火炉是冬天的中心，外面的风啊雪啊，不管你有多么冷，都让呼呼的牛粪火挡在了门外。

这个时候，火炉上的茶壶噗噗噗地一直冒着热气。阿尼帕招呼年纪小一些的孩子睡下后，拿出阿比包、孩子们的破衣服，掉了扣子的缀好扣子，破了领子、膝盖、屁股的衣裤缝缝补补。收拾完破衣烂衫，就着炉火的亮光，阿尼帕领着卡丽曼姐妹捻毛线。阿尼帕捻动羊毛纺锤，用漂洗干净的羊毛捻出一团团绒线，捻啊捻，再把三股线合成一股，才能织毛衣、毛裤、毛袜子。玛丽亚、吾拉孜汗在她身边把羊毛撕扯均匀，卡丽曼呢，就在一边学着摇纺车，织袜子。纺锤在阿尼帕手中转动着，旁边的羊毛越来越少，羊毛线团越来越圆。毛线团滚过来滚过去，卡丽曼的袜子也起了个头。冬天到了，一家大小的手脚可不能生冻疮啊。

那时候，弄上一点儿羊毛是多么不容易，不知要看多少回冷脸子、白眼儿，才能在剪羊毛的季节批上一件毛衣或是一条毛裤的羊毛。家里那么多孩子，分得的羊毛从来不够用。屠宰场牧民不要的羊头羊蹄羊尾巴等边角料，血污一团的杂毛，阿比包一点点捡拾回来。从牧民丢弃的冻僵的死羊身上拔毛，一星一点儿舍不得丢。阿尼帕带上玛丽亚、卡丽曼去河坝，先洗去羊毛的泥沙、血污，再在热水里用阿尼帕自己做的黑肥皂洗净羊毛的油脂。

"你不知道，在我们青格里，冬天有一双毛袜子是多么幸福！"

先是纺锤，后来用上了哈萨克族的纺线工具"乌勒乔克"，一晚上能捻一两百米，工效高多了，捻出的线还结实。

阿不都瓦依提说，他永远也忘不了那些个冬夜的炉火，他能感受到那些毛线团释放出的母爱：博大，坚毅。

我是妈妈的小儿子，缠着妈妈的时候多。上高中时，我看了乔治·桑的《玫瑰云》，我妈就跟那个老祖母一样。捻毛线时我妈舍不得点灯，围着火炉，火光中也能看见我妈的手裂着血口子。

天天晚上捻呀捻，捻出毛线给我们织毛袜子，织毛衣。乔治·桑的玫瑰云就是我们草原的云。云飘过来荡过去，不停变大，变成了黑黑的乌云，翻卷着，就像开春时刮的白毛，把天都撕破了。大雨下来了，电闪雷鸣，山动地摇，老祖母不慌张不叹气，全然不闻山崩地裂，一双瘦骨嶙峋的手，青筋突暴，把翻滚的云团抓在手里，摇动纺车，云团纺成比丝还细的云线，老祖母耐心地纺啊纺，把灾难、厄运纺成了柔软的丝团，看到这里我流泪了……

老祖母就是我妈，不管什么时候，不管生活多么困难，我妈就像这个老祖母一样，能一下一下把苦难织成美好的线团。

这样的晚上，阿不都瓦依提还有个盼头呢。不光是他，姐姐哥哥姨姨舅舅也等着呢：火灰里埋着的洋芋蛋。火炉里的牛粪火不红了，变暗了，阿尼帕就从大麻包里掏出十来个洋芋，埋在牛粪饼烧成的火灰里。满屋里闻到香味时，洋芋蛋就熟了。从火灰里扒出来，一人一个，来不及吹吹灰，已经是满嘴沙沙的又甜又香，世上再没有这么美味的吃食！

"我们是洋芋疙瘩养大的娃娃！"

呼啸着刮过屋顶的风雪，只是青格里生存的大背景。

这样的夜晚，还有一个希望。这个希望全家人都放在心里，谁也不明说：等外出谋生风雪夜归的亲人……院门响了一下，只响了一下，阿尼帕稍一愣神儿，丢下纺锤夺门而出，炕上的娃娃们从被窝里伸出头趴在炕沿上，像一只只露出水面的小河狸，眼巴巴地等妈妈迎上他们最盼望的人进门。好一阵儿，阿尼帕裹着一身寒气回到屋里，对趴在炕沿上的娃娃们说：阿比包爸爸或许明天就回来了。

父亲回来的日子再没有谁比母亲记得清。这一次，一家人没有等来该到家的父亲，却等到了一场突如其来的暴风雪。先是黑沉沉的云封死了头顶上的天，这一年的初雪紧步其后，悄无声息地大兵压境。骤然间，风起雪狂，天地混沌，旷野呼啸撕天扯地。风雪撞击木门的咔嚓声一阵阵让人心发紧。一家人围着阿尼帕等父亲，打好的馕用炊布包好放在灶台上呢，炉盖上的奶茶一直冒着奶香，卡丽曼不时续上些水。红红的牛粪火总给人些暖暖的盼头呢，却谁也没有端茶碗。夜深了，阿尼帕让几个小一些的娃娃睡下后，围上自己织的羊毛方巾，招呼玛丽亚、卡丽曼围坐火炉旁摊开羊毛，捻永远也捻不完的毛线……

其实，我妈的心在听房子外面的动静呢。看上去我妈和平常一样，可是我心里知道呢，门外一点点声音她都听着呢。这一年我们青格里遭了雪灾，转场的羊群在雪地里走着走着就倒下了，再也起不来了。雪地到处都是羊，还有牛，都是冻死的，饿死的。这个冬天真是太冷了！雪停了后，眼睁睁看着麻雀从树枝上掉下来，冻死了！雪地里不要说野兔子，连个鬼影子也看不见……

"经过了这一夜，我才知道啥叫'煎熬'，啥叫'信念'。我妈相信阿比包爸爸一定会如期归来，这个扯心的信念支撑她熬过了多少漫漫长夜啊！"卡丽曼的泪花在眼里打转转，"这一夜，我们家的煤油灯一直亮着，炉盖上的茶壶吱吱叫了一夜……"

一夜里有那么几次，阿尼帕突然跳起来冲出门外，孩子们瞪大眼睛跟了过去，却看见推门进来的妈妈一身寒气几分失落。

散布草原的牧户，哪一家也难逃雪灾天的厄运啊！阿尼帕家落户青格里不久，邻居一家转场途中遭遇暴风雪，羊群顺风跑，男主人紧追不舍，羊群跑进了湖泊沼泽地。风雪停后，蓝蓝的月光底下已冻成冰人的男主人还是向前跑的姿势，羊群身披冰甲，冷光逼人……阿尼帕实在忘不了这惊心动魄的一幕！

不知又等了多少个夜晚，在一个朝阳露白的黎明，阿比包爸爸终于回来了！

先是听到了枣红马的鸣叫，谁都再熟悉不过的声音！

"爸爸回来了！""爸爸回来了！"一群马驹儿从昏昏沉沉的疲惫中腾跃而起，冲出门去——

阿比包果真回来了！爸爸走了多久啊……

他头上皮帽子的帽耳连着长长的胡子，结满了霜雪，只露出满是疲惫的眼睛。他把缰绳丢给最先出来的二儿子阿不都热索里，搂住跑到跟前的小儿子阿不都瓦依提。阿尼帕抹去阿比包眉眼胡须上的冰霜，阿比包瘦得脱了形。"怎么瘦成了这样？"阿尼帕真不敢相信丈夫这半年不到的变化。枣红马的蹄脚看上去竟也有点儿伶仃了。阿比包朝阿尼帕笑着说："进屋吧。"

孩子们扶着父亲走进家门，阿比包瘫软在地，再也没有力气爬起身来……

阿尼帕端着一碗浓浓的奶茶，一勺一勺地喂丈夫。阿比包眼里闪着泪花。

　　雪野中的泥屋弥漫开酒的气息,那是从阿比包爸爸嘴里流溢出来的。这个时候的阿比包爸爸,神情安详,就像家里孩子中最小的一个。

　　"这以后,我渐渐明白'房梁'意味着什么。每次受了委屈,遇到难处时,我就会突然想到爸爸回家的这个早晨。"卡丽曼说,看见爸爸眼里的泪水,突然就想着我的爸爸是一个孤独的牧人,从远远的雪山走来……"再也忍不住,一下子哭了起来。"

　　这天,洋芋胡萝卜抓饭我妈多放了些羊油,我们家很久没有吃这么香的抓饭了。吃过饭,我妈让我去柴火棚里拿果子。我们家后院的苹果树结的,个头不大,很甜。平时舍不得吃。我妈把冻得冰硬的果子浸在从河里提来的冷水里,拔果子里的冰,不多久,果子上就结了一层薄冰,敲去冰壳,果子就像刚从树上摘下来的一样。第一个果子,我妈递到我爸手里。

　　我们的爸爸妈妈让我们这个家很幸福。

　　阿不都瓦依提说,那个黎明,太阳挂在他们家烟囱上的一瞬间,红得就像6月里盛开的鸡冠子花。

　　早晨太阳一出来,像金子一样,暖到人心里!
　　一阵叽喳,林子里身穿黑色丝绒的鸟儿蹬落树梢上的积雪,轻盈地跳跃着招呼走出门的人。忽一声呼哨飞离枝头，滑过一丝儿云彩也不见的蓝天。只一阵，又三三两两蹬散高高枝杈上的雪，缩缩脖子，眯起眼。

天明时，西北刮过的风也停了步子，怕惊扰了青格里这一幅静美的冬景。

天蓝得净透了！

天晴了，风停了，第一件事是从厚厚的雪中挖出一条路，从家门通向院门。接着清理院子里的雪，再接着从院门往外挖。挖通了路，我们家才能通向外面，我们总不能让雪困住。

晴天我们进山拉柴，一人一个雪爬犁，一人一把小斧子。黑子、黄黄跟上。林子里的枯树枝捡不完，捡上一阵儿就得紧着往爬犁上装，怕天晚出不了山。装爬犁横一层竖一层，这样装不散架。我们家的爬犁全钉上了铁皮，滑，省劲儿。大的拉，小的推。我们家的柴火垛从来都是最高的。

打柴路上，卡丽曼还有个奇妙的发现，隆冬三九，雪层下的河水不比春天少，水边厚厚的雪层悬空着，葱绿的草丛中竟然还有黄嘴的小鸟！

哎呀，这让人咋样说青格里的冬天呢？冷吗？不冷？

往回走的时候，望着我们家房上的烟，就不会迷路。日子久了，空空旷旷的雪地里，我们家烟囱冒出的烟就跟人一样亲近，假如望不见它，我们该会多么寂寞。

是啊，茫茫雪野袅袅炊烟是温暖人的风景。再冰凉的日子，只要一把火烧起来，炊烟升起来，就会让人气定神闲，心生希望。日子过得风生水起还是凋零败落，望望屋顶的炊烟就知道了；漂泊在外的游子，荒径野道千里万里奔家来，远远望见家乡的炊烟，满眼热泪的他就知道，点燃炊烟的泥屋一定亮着一盏灯，守着炉火守着油灯的一定就是等他的白发老娘！

当然，四季里夏天最好过，"天堂一样的日子"。说得也是，熬过漫长的冬日，春天忙着接生羊羔，秋天又忙着配种，只有马放南山羊撒草滩的夏牧场悠悠然。

冬在青草萌芽时悄然隐去，今天你还见一片缺边少沿儿的残雪躲在松坡后，明天就没了踪影。山中草原，所有的一切都那么不动声色。来了，又走了。走了，又来了。就像滑过草尖的风，似有还无，似无还有。只有秋风扫落一个季节时留下的种子拱出了茸茸的小脑瓜，大地原来就是为了孕育而存在。

黎明给每一片草叶镶上金边，山坡上的羊羔翻个身，咩咩奔向母亲。羊群陆续踏上转场的小路。

一条条溪流从一处处雪山峡谷蹦蹦跳跳窜了出来，漫过山前望不断的草滩，汇聚青格里，流向山外大境界，牧人们循着溪流，溯源而去，羊群漫过浅山春秋草场，走向大山深处，那里有牧人夏天的天堂。

卡丽曼最喜欢的却是春天。卡丽曼的春天是从她看见羊羔啃吃阳坡萌芽的草尖就开始了。

"春天真好！"

借着阳坡残雪消融的湿气，野葱已有了让人口中生津的辣香味儿，野韭菜也等不及地开始抽薹了。一片一片的苜蓿像是风中飘落的梦毯，突然就绿在了眼里，再一看，房前屋后的老榆树，枝条上也绽出了芽苞，给饥荒的日子添了几分春天的期盼。真让人惊喜！每天一放学，卡丽曼就扯上热黑曼，提上小篮子往山坡上跑，她们的收获丰富了一家人的舌尖。阿尼帕扯住热黑曼，擦去卡丽曼脸上的汗珠，看着两个女儿的眼神就像春天催萌万物的阳光。

"春天真好！"

春天的风刚拂过草原，那只看上去已经衰老不堪的母羊竟然产下了双羔。白脸的母牛也生了一只健康的牛犊，和妈妈一样，它的脸上也有一片白色的印记。芍药红遍的草丛中，麻鸭翅膀下的蛋壳破了，一只只小小的脑袋撞得芍药花苞不等太阳露脸就咧开了嘴。

噢哟喂！只等一场夜雨，夏天就抢先到了！本来是春天开的花儿，让夏天的热情催得五颜六色：黄的是草原菊，蓝的是勿忘我，红的是芍药，它们完全忘记了冬天冻裂大地的严寒，好像暴风雪再也不会来了。

　　阔叶杨、红松、杉树，还有白桦争先恐后地抽叶换装，好像赶着去亮相春的化装舞会。桦子是怎样的灵性啊，楚楚动人的眼睛装满了故事，一身素妆细嫩如婴孩的皮肤，光滑如丝绸。林子里的雀儿掀起一波又一波欢乐，松鼠一脸清新，伸直了耳朵听画眉说唱。

　　那些几乎化入山土的树桩子，倒地的树身子，支棱起了一只只一丛丛生动的耳朵。木头的耳朵机敏地倾听着，把声响——哪怕是一只蚂蚁的走动甚或是透过林木的光波，传递给大地。阿尼帕交待哈丽恰姆、卡丽曼、热黑曼，采木耳时不能撞落它顶着的露珠，否则，木耳瞬间就会回归大地无影无踪。这是在科布多时外婆告诉她的。

　　更多的是蘑菇。这些神奇的家伙一个个撑着一把小伞就像天兵天将一样，一夜间落满了河滩坡地，灌木丛中，桦树林子，那种浑身黑乎乎的蘑菇最多。不管藏在草丛里还是躲在树根下的草蘑菇树蘑菇，都逃不脱哈丽恰姆、卡丽曼她们的眼睛。它们一个个像俘虏一样全进了阿尼帕妈妈家的草篮子。小黑蘑菇最喜欢夜里一丝声息都没有的细雨，随着雨滴它们就来啦。小黑蘑菇很好吃，比卡丽曼找到的牛肝菌还香，只要一星羊油，炒出来比肉还好吃。但是一定要记住，那些相貌奇特、颜色艳丽得诡异的蘑菇，大多是不能吃的毒蘑菇，蘑菇里的"美女蛇"。这也是在科布多时外婆告诉阿尼帕的。

哎呀！后山的林子、草滩真是个采也采不完的大菜园！林子深处是没有路的，顺着羊群踩出的小道走。卡丽曼姐妹早就换上了凉鞋，红的粉的翠绿的凉鞋真是美得很！开始，她们穿得爱惜，过石头河脱下鞋手提着，即便万一刺儿草扎了脚河里的石头划了脚，也舍不得弄坏好看的鞋子，脚划破了新皮还会出来呀！很快她们就知道了，美得不行的凉鞋根本就不怕水还耐穿！姐妹几个笑闹成一团。她们采蘑菇采木耳采贝母，还碰上过灵芝呢！小黑蘑菇只舍得尝尝鲜，大部分都让阿尼帕妈妈晾晒成干蘑菇，等拉木头的车进山，卖给山外的人。阿尼帕妈妈要用黑蘑菇换的钱供养她的弟弟妹妹儿子女儿上学。

夏天的雨来得急去得也快，草滩给雨水冲洗得青翠，天地透亮，山山水水露了真身，林子里散着股股清香。雪山下的青格里，像是阳光抚慰的热恋中的牧马人一样爱意融融。河湾卵石间穿梭的小鱼，尾尾可数似乎唾手可得。一旦接近，一闪便蹿得不见了踪影。

如果你是细心的娃娃，你就会发现，草原上山野漫坡的野菊芍药勿忘我……收起白天展开的裙衫时，星星就三三两两地在夜空挂满了。阿尼帕家的油灯还没星星亮呢，仰着头看星星，星星真亮！星星也是好奇的，从空中走来，拽住山坡河畔杨树桦树的胳膊，倾听人间夜话。萤火虫也来凑热闹，草尖上一闪一闪，显摆着自个儿的能耐，你还会发现，不管夜里的风雨多么张狂，第二天一早，山里的花花草草都向着太阳抬起了头。

再远些，青格里滑过河床嬉笑着。夜风从月光下拂过，带来河狸的絮语。原本是海洋哺乳动物的河狸，在地球陆海沉浮的演变中顺应自然变迁，进化为水陆两栖。这个精灵，和着同类发出的呼唤，尾巴有节奏地拍打水面，是庆幸在自然变迁过程中识时务的幸运吗？

夏天的日子真好！

阳光雨露充足的马奶子草、酥油草……还有一片一片的野苜蓿，牛羊漫山坡，夜里不收圈，黑子、黄黄护卫着它们。这个时间里，家里谁都能喝上奶子呢。这时间的奶子真香！奶桶上面飘着厚厚的一层奶皮子。趁着太阳高照的好天，阿尼帕带着妹妹女儿做过冬的奶疙瘩。

羊群脱衣服的时候，夏天差不多过一半儿了。剪完羊毛，就该紧着打牛粪饼了。这是夏天最热的日子要干的活儿。

这可是一年里的大事，一个冬天的茶炊、取暖全靠牛粪饼。牛吃草经过反刍排出的残渣，那么经烧，火力和梭梭差不多。弥漫着草香的牛粪饼、奶茶、烧酒，让沉沉冬夜变得温馨。

夏天最热的日子，阿尼帕领着孩子们把积攒的牛粪拍成圆饼状，再贴到羊圈牛棚的土墙上，晒得干透，一层一层堆起来垒成垛。"夏天多打牛粪饼，冬天不挨冻呀！"阿尼帕看着牛粪饼堆得和房子一样高了，高兴得很，"现在手累了、腰酸了，冬天炉子里有了牛粪饼，你高兴了，风雪不怕了。"

圈墙上的牛粪饼风干着，麦子该割了。

库尔迭宁的麦子给阿尼帕留下了太多的温暖。家搬到后山，她每年都种一片麦子。第一年种的麦子麦秆长得高，麦穗子小，瘪得还多。

"我妈领着我们跟汉族大叔学种麦子，啥时候播种好，分蘖的时间为啥要上肥，噢哟，要学的事情太多了！"卡丽曼至今怀念着那些年的农耕收获，"我们还种菜，我们种的洋柿子奶茶碗那么大，黄瓜牛尾巴那么长，我们的开花洋芋又沙又甜。我妈还见缝插针地种了点苞米。收麦子时，苞米长高了，我家通往山下的小路就被挤得越来越窄，在苞米夹持的路上，你就感受着庄稼热烘烘的霸道，霸道就霸道吧，反正它们最后还是要填进我们饥饿的肚皮。"

月光下，阿尼帕忙着把收割的麦子归拢成堆，要不然，夜里下的露水太阳一天也难舔干。要是再神不知鬼不觉地来一阵夜雨就更糟了。这片麦子，还有开花洋芋，让她心里踏实。

秋风一阵阵越过阿尔泰山，草原处处是熟透的颜色，就该打草了。

后山坡地的草长得真是茂密，热黑曼跟上小哥哥阿不都瓦依提跑进去，他们就被草埋得找不见了。孩子们手握一把小镰刀，割下的草竟也积少成多，黄绿杂陈地摊在太阳下一片片的。秋风燥，很快就能抽干草身上本已不多的汁液。阿比包、阿尼帕抡着大钐镰，一大家子的欢声笑语拌和着草香飘过来荡过去满了草坡。

牛羊牧归，房上的炊烟直直卷上天。远方的骑手闪在暮色里，暮色一下下抹去远山近水，人也累得腰直不起来，手臂抬不起来，阿尼帕还是舍不得走。热黑曼、阿不都瓦依提一次次朝阿尼帕妈妈望过去，撞上了他们的目光，阿尼帕也装作没看见，一直到最后一点儿光亮也被大山拿走了，阿尼帕才直起腰说，娃娃们，我们真该回家了。

后山上，谁家的草垛也没有我们家草垛高，金黄的大草垛在太阳地里很耀眼。

收着草，还要顾上吆喝羊紧着嘴下的草吃。秋膘厚了，冬天好过。

草原过日子，你可得摸清了老天爷的脾性。野芍药开败，赶在打草之前，阿尼帕张罗着鞣皮子了，这于一个人口众多的家庭可是件大事。攒了一冬的羊皮，阿比包在屠宰场捡的碎皮子，压在酸水里，泡得起泡了，剥掉带肉的那一层，再用一根有齿牙的木棍用力刮可劲踩，皮子变白了，柔软了。鞣好的皮子做坎肩，做皮裤。到了北风扯来雪的冬天，你才知道它有多暖和。

除过鞣皮子，阿尼帕还要带上妹妹、女儿擀毡子。积攒下的羊毛翻出来，洗干净，摊在草滩上晒，夏末秋初的太阳像小火盆一样。不能捻毛线的边角料，杂色羊毛，像加了啤酒花酵头的面团，发得蓬蓬松松，把蓬松的羊毛摊得厚薄匀称，夹在两块大布片子中间，喷上水，用一根大木棍卷起来，擀面一样来回滚，边洒水边滚动。最后，羊毛毡子就擀成了，一年四季，草原哪能离开毡子呢？

紧赶慢赶，白杨摇曳了一个春天又一个夏天的银白色叶片，已被秋天的阳光点染成金黄。桦子也已是黄袍加身，忽一日，凉风掠过，牛毛细雨随风入夜。日出天晴，却见了一层薄霜，青格里的秋天，就是一个走过场的闲客，寒冬脚跟脚地就到了。

不知不觉中忽然有一天，推门一片白，后山又披上了白袍子。往后的日子，冬宰；一场雪连着一场雪；围着炉火，库布孜扯出古老的歌谣；不知不觉中，小草顶着残雪往外拱了——

草原开始又一个轮回。

细雨薄暮又一秋。散落山坡的羊群，甩着尾巴的马驹儿，紧着埋头吃草，好像知道冬天正一步步走近青格里。

托乎提·亚合甫哭着跑进阿尼帕家，说："妈妈叫姐姐去呢……"阿尼帕放下手中的活儿，拉上托乎提就走。

亚合甫是阿尼帕的邻居，何止是邻居啊！他们一起跋山涉水从科布多走回青格里，一起落户青格里，又一起走过了青格里多少个春夏秋冬啊！

亚合甫家和阿尼帕家的经历简直就一样，托乎提的爸爸从哈密到科布多时，正是尕司令马仲英乱疆，杨增新遇刺的乱世。为躲避灾祸，十五岁的少年跟随着乡亲跑到了科布多。

几天不见，加马丽哈妈妈已经瘦成了一张纸片，她无声无息地躺着，几乎察觉不到她还在呼吸，见阿尼帕来了，加马丽哈妈妈挣扎着示意阿尼帕走近她，她贴着阿尼帕的耳朵说："阿尼帕，三个弟弟交给你了，我要走了，找你妈妈去了……"阿尼帕禁不住泪流满面。

——这是临终托孤呀！

当天夜里，加马丽哈妈妈就离开了人世，留下了十五岁的吐尔达洪，十二岁的托乎提，小弟弟库尔班只有七岁。

草原人家生生不息，踏着大自然的节律走过人生四季。草原人家对生命充满体贴，青格里有句谚语，"哈萨克没有乞丐"。行走草原，随便掀开一座毡房的毡帘，都会有奶疙瘩和切成三角的馕块。游荡累了，一定会有一双颤巍巍的手递给你一碗放了酥油的奶茶，滋养你疲惫的心灵。

  人生很短暂啊
  我们要珍惜缘分
  不是每个人都能亲身相遇
  要帮别人也帮自己
  不是每个人生下来就什么都知道
  只要努力总会有收获
  ……

失去父母的不幸留给了三个未成年的孤儿。善良的天性把责任给了阿尼帕。

正逢三年饥荒年月,多一张嘴就多了一分生活的艰难。这一下子多了三张嘴啊!这个不小的家已经够艰难了。阿比包懂得阿尼帕的善良,可是一个馕掰成十八块可怎么吃啊!"我的阿尼帕,石头可以砸碎呢,可贫穷比石头还硬呢……"

"我的阿比包,你没有看见加马丽哈妈妈的眼睛,她看我的眼光让我的心痛呢。阿比包,她不想离开她的娃娃呀,她想着她的娃娃……加马丽哈妈妈的眼睛让我伤心得很……"

"阿尼帕,十多岁的娃娃,半大小子吃穷老子,你不知道吗?三张嘴啊,阿尼帕……"

"总不能眼看着这三个娃娃饿死……"

托乎提三兄弟就这样进了阿尼帕家。他们是阿尼帕收养的第一批孤儿。老大吐尔达洪,老二托乎提,年龄和阿尼帕相差不了多少。阿比包和阿尼帕要求孩子们叫吐尔达洪大舅、托乎提二舅、库尔班三舅。在托乎提兄弟心里,他们的姐姐阿尼帕,也是阿尼帕妈妈。

房子住不下了,脱坯,砌墙,造房。

原本就不宽展的铺盖更不够了。阿比包带着孩子们捡供销社丢弃的碎羊皮,洗净整好,阿尼帕缝制了一床十一个孩子盖也够大的羊皮被子。

托乎提现在已经六十多岁了。无论冬夏,过一阵儿老人家就要从阿热勒乡去县上看望阿尼帕。花甲之年的托乎提一说起当年的事儿，就会动感情。

  我们是和阿尼帕家一起过来青格里的。在外蒙古的时候，我们就是邻居。我的妈妈命苦得很。1945年，我的亲生爸爸死了，我才六个月大。我的姐姐吐逊汗两岁，哥哥吐尔达洪也就四五岁，妈妈又嫁了一个维吾尔族人，生了弟弟库尔班。我们一家回青格里，姐姐留在外蒙古。回到青格里没有几年，我的后爸爸又生病死了。后来妈妈又病了。

  妈妈病重的时候，叫来了阿尼帕。妈妈说，阿尼帕，我把这三个弟弟交给你了，你带大他们……

  阿尼帕抱住我妈妈，眼泪流了下来，她说："加马丽哈妈妈，我会带好三个弟弟……"那时候，阿尼帕叫我妈妈"妈妈"呢。

  阿尼帕又是姐姐，又是妈妈……

长长的头发,黑黑的眼睛

大青格里

"妈——"跨进院门,哈比扎呼叫着往房子里跑,双颊已让自己的泪水给烫着了。

　　心灵深处发出的呼唤让心灵颤动。

　　"噢哟哟丫头,我的丫头,你回家了?"阿尼帕捧住哈比扎的脸亲吻着,仔细端详女儿,"我睁开眼睛看见你呢,丫头,你装进我心里呢……我的丫头,你咋瘦成了这个样子?丫头,家里热馕没有热茶也有呢……"

　　在阿尼帕妈妈的女儿里,哈比扎排行第二。哈比扎的一头长发引人注目,人到中年,过膝长发还是油光水滑的。

　　哈比扎还有一个汉语名:王淑珍。

>　　我刚到妈妈家时,生了一头疮,一根头发也没有。

>　　我亲生爸妈是回族。老家在甘肃。

听我妈说，我们家五十年代从甘肃逃荒到了青河，在沙尔托海乡落了户。沙尔托海全是哈萨克族，就我一家回族。我爸会种庄稼，洋芋种得好。甘肃就是吃洋芋蛋嘛。我是在沙尔托海生的，我后面我妈又生了两个妹妹。

我妈说，刚生下我小妹妹不久，我爸就死了。我爸是"文革"时被逼死的。他们说我爸挖地道，要往苏联跑。沙尔托海在新中国成立前是战场，到处都是地道。那些人白天他们逼着我爸割麦子，晚上折磨他，打他，批斗他。我爸气不过，自杀了。我妈说，刀子横着切开了肚子，肠子断了几截子，血流了一地。

剩下我，两个妹妹，还有我哥，我妈自己养不活我们呀。带着我们四个，我妈又走了一家子。沙尔托海除了我们一户回族，还有一户汉族，就是继父金学军。他是河南人，也是逃荒到了沙尔托海的。到了金家我妈又生了一个弟弟，两个妹妹。我继父气管炎很重，一到冬天就下不了炕。七个娃娃全靠我妈一个人，没日没夜地干活，种地、浇水、割麦子、扛麻包装车，最后生生累死了。

我妈病那年我十一岁，她是春上病的，夏天就撇下我们走了，刚过四十岁。

撇下了七个娃娃，继父没有劳动力，咋养活？继父的脾气越来越大，张嘴就骂，动手就打。真是待不下去了，我一心一意要找我哥去。我哥在跃进公社上中学。常有进山拉木头的车路过沙尔托海,我在路边搭上一辆拉木头的车到了青河县城。人家把我卸在街上就走了,下了车才知道跃进公社离县城远着呢。我一整天没吃没喝,一分钱没有,头上又是疮,在街上转着转着,后头就跟上了一群娃娃,骂我"秃子秃子",甩石头。我忍不住哭起来:哥呀,你在哪呀?哭着哭着走到了医院门口。在医院门口遇上了一个好心的姨,她问我,丫头,你哪个地方来的?你的妈妈呢?我说,我妈妈死了,我找我哥。她一听我哥在跃进公社就急了,说跃进公社你今天去不了了,你先跟我来,我给你弄点吃的,在这儿先住一夜。她给我拿了一个馍,还有奶疙瘩,又把我安排在一间病房住。起先,护士不愿意,说病房哪能留人,还长着一头疮。姨说,你们看看,这么可怜的娃娃,忍心让她在露天里过夜吗?

这个好心人就是阿尼帕妈妈的妹妹,我后来的小姨妈哈丽恰姆。

第二天一早姨就来了,给我拿来了一个热馍,还有几片牛肉。姨说,吃了早饭去大姨妈家。

阿尼帕妈妈那时的年龄跟我现在差不多,四十出头,大辫子,碎花裙子,圆脸,大眼睛,漂亮得很。刚进门,我阿尼帕妈妈就对我笑着说:"来来来,丫头,快过来。"说着走过来,抱住我,"可怜的丫头呀,你妈要在,看见你这个样子心疼死了……"

我说,我妈死了。我哭了。阿尼帕妈妈也哭了。阿尼帕妈妈哭着说，这丫头罪遭大了，你妈没有钱呀，要有钱早给你治了。

阿尼帕妈妈就给我洗头洗澡。阿尼帕妈妈早就烧好了一锅水在等我呢。洗完头，洗完澡，阿尼帕妈妈叫我姐："卡丽曼，把你的花衣服拿来。"我长这么大没穿过这么好看的衣服。

阿尼帕妈妈给我收拾好，招呼我："过来吃饭。"桌上只有一盘拉面。妈妈说，他们吃过了，你吃吧。我看哥哥姐姐还没吃。我吃了，哥哥姐姐才围过来，吃的是洋芋和野菜。

王淑珍的头疮是阿尼帕最大的心病，一个女娃娃，秃子，长大了咋办？

县医院没有皮肤科医生，阿尼帕又带着王淑珍去县兽医站。兽医说，你们走错门了吧，这里是给牛羊治病的地方，给人治不了病。阿尼帕给医生一个劲儿地说好话，羊身上的疥疮能治，牛身上的疥疮能治，我丫头的疥疮也能治呢。兽医终于答应用治疗黄牛癣的药膏给王淑珍试试看。兽医交待要坚持天天洗头，天天涂药膏。

我妈天天用黑肥皂给我洗头。黑肥皂是我妈自己做的。梭梭柴的灰，红松的灰，碱蒿子的灰，加上碱，用羊油熬。黑肥皂洗头滑溜得很，洗完头抹上黄药膏。

王淑珍至今难忘阿尼帕妈妈第一次给她洗头的疼痛：满头的

脓疮结了厚厚一层血痂，厚厚的痂一层层揭掉，揭一层流的是脓，再揭一层流的是血。

"丫头，忍不住就哭出来，哭出来就没那么疼了。"阿尼帕感觉到怀里瘦小的身子在发抖。

王淑珍哭了，大声哭了。阿尼帕的泪水也滴落下来。

为了减轻一点丫头的痛苦，每天换药的时间都很长，尽量避免触碰新长出的头皮。每换一次药，阿尼帕都是一身汗，痛在丫头身上，也疼在妈妈心里啊！

听医生的嘱咐，阿尼帕买了一把剃刀，每天给王淑珍刮一次头皮。刮头皮痛啊，每次，阿尼帕都是一边刮，一边催眠曲一样地说："我的丫头生了病的脑袋要天天跟太阳见面呢，太阳能把有病的东西拿掉呢。"

终于有一天，阿尼帕对王淑珍说："丫头你摸一摸，你头发有了！"

我摸了又摸，不敢相信！我头上的疮长了十年，家里穷，从没给治过。我跑进厨房，对着水缸低下了头，那时候家里没有镜子。看看水面，头顶黑发茸茸。看着看着，水面上的影子模糊了……我叫了一声"妈！"眼泪再也止不住了。那天我就在心里说：再也不剪头发，能长多长就长多长。

阿尼帕拿着牛角梳，想给丫头梳一圈维吾尔族小辫，刚长出的头发太短。阿尼帕叫卡丽曼,卡丽曼,卡丽曼,你们看,多漂亮的丫头!黑黑的头发,眼睛清水里的宝石一样!梳啊梳,牛角梳梳去了前世太多的忧愁苦难,梳齿间留下了母爱:"我的丫头能嫁出去了!"

阿尼帕把王淑珍戴过的头巾一把火全烧了,大声说:"我的丫头不用戴头巾了!"

小小年纪的王淑珍问阿尼帕:"阿尼帕妈妈,你为啥对我这么好呢?"

阿尼帕拍拍她的头,悠悠地说:"丫头,你不该受这么多苦。妈妈和你一样,也是苦命的丫头。在科布多的时候,我头上也起过疮。我的妈妈病了半年,我的头发成了粘满牛粪的毡片片。我的爸爸妈妈去见胡大的时候,领你来家的小姨哈丽恰姆才三岁呢……丫头,你的命咋也跟河里的石头一样呢?河里的石头,冬天的雪埋,夏天的水冲,夏天雪没有了,冬天水不流了,河里的石头没有了吗?有呢!河里的石头还在呢!"

——苦难触动人的普世情怀。

深秋的一天,王淑珍告诉阿尼帕,她想回沙尔托海。

头疮治好了,饭桌上有她的碗筷,炕上有暖暖的被窝,她却越来越惦念哥哥和沙尔托海的妹妹。地里的庄稼收完了,牛羊也转场了,天越来越冷了……再说,这个家的孩子也太多了,姨姨、舅舅、姐姐、哥哥。这个小小年纪已历经人世沧桑的女孩,还不敢相信这个家真能收留她。

阿尼帕妈妈给她收拾了一包衣服，有夏天穿的，也有冬天穿的。又给她十块钱。王淑珍接过钱哇的一声哭起来。那时的十块钱是巨额呀！她又眼见了阿尼帕妈妈一家的生活有多艰难。她一哭，阿尼帕妈妈也开始掉眼泪。阿尼帕妈妈对她说："你啥时候想妈妈了，你就回来，这是你的家……"

王淑珍回到沙尔托海时，入秋后的第一场雪已经埋住了收割过的庄稼地。

哥哥不在家。继父咳嗽的时间更长，骂人的时候更多。几个妹妹缩在靠近火炉的墙角。

在这个山旮旯里的冬夜，她的眼前总是浮现阿尼帕妈妈那双美丽的眼睛。

她惊恐过,怀疑过,困惑过,她不相信,天下能有这样的好事儿。但更多的是期待。

那是一双天底下最美丽的眼睛，眼睛上边是最美丽的额头，眼睛下边是最暖的嘴唇，它们都透着母爱的心灵之光。

那里没有居高临下的施舍，只有温暖和怜爱。

那是天上的星星冻得掉下来的夜里，给你掖被角的眼光。那是饿得吞口水，给你下碗面，面底下卧只荷包蛋的眼光……那是一双妈妈的眼睛！经见了太多的冷脸子白眼，她的感觉不会错。

沙尔托海的冬天太长了，长得把女娃子的心都扯零干了。雪没化完，王淑珍上路了。等不及进山拉木头的车，她跑过沙尔托海一片雪野的庄稼地,跑上了往青格里去的大路。她要回阿尼帕妈妈家！

王淑珍跨进院门，一声"妈——"，正在洗衣服的阿尼帕把手中的衣服往盆里一丢，喊着"我的丫头！丫头……"跑向她。"你回来了丫头？哎呀，一个冬天咋就瘦成了这个样子，丫头呀……"紧接着，阿尼帕妈妈就往牛棚去，"丫头呀，家里的牛才下了牛娃子，你有奶吃了。"不一会儿，阿尼帕就端了一碗奶子招呼王淑珍："丫头，过来！"奶碗上漂着一层厚厚的奶皮。王淑珍要叫卡丽曼姐姐一起来喝，阿尼帕不让叫，"姐姐不缺，你缺，你身体太差了，要好好补一补，长大了，好给妈妈干活。"这之后，阿尼帕妈妈每天都要给王淑珍加一碗牛奶。

那天，房子里点上灯的时候，王淑珍望着灯影里的阿尼帕妈妈，望啊望啊，突然叫了一声"阿帕"！灯影里的阿尼帕笑了："丫头，你过来，你早就是妈妈的丫头了。"

在这个暖意融融的夜晚，阿尼帕给她的丫头王淑珍取了个新名：哈比扎，维吾尔族语"保护"的意思。

日子就跟羊爬坡一样，一步步都是艰辛又满怀希望。

哈比扎无意间闯入了这个家庭。哈比扎说，在小姨领她跨进院子门，和阿尼帕妈妈目光对接的一瞬间，她就认定这双眼睛是妈妈的眼睛，这个小院就是她的家。

这一年的夏天，阿比包爸爸阿尼帕妈妈去了一趟吐鲁番。阿尼帕妈妈带回一条绿色的绸裙子。

裙子很漂亮。颜色说是绿吧，又有点儿青格里夏天的蓝，还缀有孔雀羽毛一样的裙摆。别说家里几个女孩子没穿过，青格里的街面儿上也没见过呀！谁不想穿？又赶上过六一，要是穿上这条裙子去学校走一圈，该有多少同学盯着看呀！

丫头们叽叽喳喳的，眼睛不离这条漂亮的绸裙子。卡丽曼的眼光热热的，她觉着妈妈一定会把裙子给她穿，她是家里的老大嘛，家里的活儿她干得多，她的学习又好。热黑曼呢，也上去比过来比过去，在阿尼帕身边缠磨着。裙子她穿长了，长可以折起一截呀，谁让她是小女儿呢！

"哈比扎，你过来，穿上看看。"听阿尼帕叫，哈比扎愣怔了一下，她没想到阿尼帕妈妈会叫她。她站起来，看见姐姐和妹妹的目光全聚焦在自己身上。

"哈比扎，快点儿，穿上让大家看看。"阿尼帕妈妈催她。

合身。漂亮。

"转几圈，丫头。"阿尼帕望着旋转的哈比扎，目光是那么慈祥、舒心，"哈比扎，裙子就像是给你定做的，真漂亮！"

阿尼帕的话音没落，卡丽曼哇的一声哭着跑出了房子。

"卡丽曼！卡丽曼！"阿尼帕在院门外追上了卡丽曼，她把大女儿搂在怀里。"卡丽曼，你听我说，你是姐姐，哈比扎是妹妹，明天我的裙子给你改一下，你也有裙子穿呢……"

卡丽曼根本听不进去妈妈的话，她不理解自己的妈妈为什么要这样做，自己的娃娃饿肚子呢，还要养这么多别人的娃娃。长这么大，还没穿过一条裙子，她是我亲妈妈吗？

一连几天卡丽曼噘着嘴不理人。阿尼帕就当没看见一样,该做什么做什么。阿尼帕从不打骂孩子,她没有文化,只是本能地言传身教。

妈妈的沉默比打骂还让人心痛,十四岁的卡丽曼认错了。阿尼帕搂着女儿,像她小时候一样,轻轻拍着说:"卡丽曼,你是吃母羊奶长大的羊娃子,哈比扎呢?索尔巴斯,是没有妈妈的羊娃子。你有妈妈,还有爸爸,她啥也没有了……卡丽曼,你是丫头里的老大,你的心要大呢。冬天下雪了,谁都想太阳出来呢。卡丽曼,把你的爱分一点儿给弟弟妹妹不行吗?"

爱,是多么具体、敏感啊!具体到孩子们得到的一块馕、一件新衣,具体到你每一次举手投足间,具体到日复一日年复一年的操劳中,敏感到一个眼神——

一个不真实的眼神,爱就会失去它的能量;源自心灵深处的真情,能救赎失落的灵魂,影响人的一生。

人到中年的卡丽曼深情地回忆:"妈妈那个晚上给我说的话,我骨头里记下了。我妈妈的善良是我们最丰富的营养。"

哈比扎还是一头长长的黑发。她说,就是老了头发全白了,她也不剪,她要永远留住阿尼帕妈妈的爱呢。

孩子们一天天大了,长大的孩子一个个立业成家了,成家后的孩子从阿尼帕妈妈的大家迁出了户口。孩子也已成人的哈比扎的名字还在阿尼帕妈妈的户口簿上。

永 生 羊

在青格里，人是羊的寓言，羊是人的寓言

山城阿勒泰沿克兰河蜿蜒，河两岸山石夹峙，城市格局起落参差。河畔多桦林。黑森森的松林依山势层叠。河中段有一小岛，桦树、杨树，还有叫不出名的灌木杂生，花草点染其间，成就了一处山野风景。

光绪元年（1875年），阿勒泰建一庙宇，清廷赐名"承化寺"，此即哈萨克族牧民的冬窝子，为承化城之肇始。

承化古城依山傍水，进城第一峰酷似跋涉的一峰骆驼，得名"骆驼峰"。

过克兰河第一桥，骆驼峰下坐落着很有些年头的地委招待所。

骆驼峰下这一处建筑，简朴却洁净，饭菜也实惠，餐餐都有热奶茶。山根下依山水巧造的园林最是可心，冬不结冰的克兰河，不知从山的哪一处孔眼窜出一脉清流，漫过黄绿杂陈的浅草，跳过光滑圆润的卵石，清泠一路呢喃而去。冬日里，你能在水岸厚厚的雪层下发现绿生生的草丛，拨开密密的草丛，竟然有小鸟搭建的小巢，它们的家可真是清爽透了。

昨日记忆已难觅。眼见房舍高大厅堂富贵了，细瞧，却又处处透着土豪气，"宾至如归"亦有了另一番滋味。

三行青格里，舍近求远走西线，只为看阿勒泰市先期播映的哈萨克族母语原生态电影《永生羊》。

落黑前，车进山城。

雪落了一天，还有一着没一着地挑逗山野，山城迷离。与中国大多数小城一样，曾经红火的"工农兵""人民"影剧院，早没了踪影。找到阿勒泰风光一时的露天场，也已是地摊挨地摊的巴扎。杂乱，却热闹，卖什么的都有，雪天的傍晚人流不断。

又问，终于在各色铺面拥堵的旮旯里，看见一方小小门脸上边有一块长不过米宽不过尺的霓虹电子屏：影院。

屏幕显示，最后一场电影已经开始了。匆匆爬上顶层四楼，竟然是大都市"影城"格局的一间间小影厅，放《永生羊》的小影厅空无一人。原来，最后一场还没卖出一张票。售票的姑娘说，卖出四张票才能放映。立马买了四张票。进场时，来了一对情侣。招呼情侣：票买了，进来吧。

情侣微笑点头。女孩儿是个漂亮的哈萨克族姑娘，男孩看上去是个汉族小伙儿。"我是哈萨克族。"男孩纠正我。他们悄然落座前排。

还在筹拍中,高峰君就告诉我,《永生羊》是中国第一部哈萨克语原生态电影。

《永生羊》讲述了一个发生在草原的爱情故事。

名叫哈力的哈萨克族少年和奶奶莎拉、叔叔凯斯泰尔在草原深处四季游牧。

哈力的叔叔凯斯泰尔爱上了美丽倔强、出身大户人家的姑娘乌库巴拉。

乌库巴拉的父亲苏丹要女儿嫁给富有的表亲。虽然乌库巴拉不接受父母的安排,却阻止不了婚礼如期举行。

为婚礼助兴的草原花骑阿赫泰的歌声打动了乌库巴拉。烈性女子乌库巴拉为了爱与一见钟情的花骑歌者阿赫泰借草原月色私奔了。

与村民一起追赶出逃者的凯斯泰尔放走了心爱的姑娘和她的情人。为了爱成全了爱。凯斯泰尔的爱如草原月色,纯净、隐忍。

就在这个夜晚,哈力家的羊群遭遇了狼害,哈力的萨尔巴斯死了。萨尔巴斯是一只没有了妈妈的小羊羔,一个红脸老人送给哈力这只小羊羔,是因为草原有一个古老的信念:萨尔巴斯身上蕴藏着牧人强大的精神力量,这种力量像古老的岩画一样,能穿越时空,让生命获得延续。哈力和萨尔巴斯彼此呵护关爱,用眼神交流不为人知的秘密。萨尔巴斯死于这样一个伤感的月夜,哈力为朋友哭泣，哭得刻骨铭心，哭得萨尔巴斯在哈力的记忆中永生。这是草原的悲悯情怀。

谁也不会想到，五年后哈力一家再见到乌库巴拉时，她已经失去了心爱的花骑，境况凄凉。因为美丽、善良、守寡的乌库巴拉一再遭人嫉妒陷害，被迫改嫁。

与凯斯泰尔结婚后，乌库巴拉得到了哈力叔叔全部的爱，也受到莎拉奶奶和哈力亲人一样的照顾和关爱。好日子向她频频招手。

但是，乌库巴拉却快乐不起来。按照草原风俗，留在花骑家的孩子，是乌库巴拉永远的牵挂和思念。

乌库巴拉改嫁凯斯泰尔时，莎拉奶奶给花骑两个年幼的孩子送了一头母骆驼。这头母骆驼一次又一次回来找它的幼驼。哈力一家转场冬窝子的一个雪后清晨，又回来寻找孩子的母骆驼倒在了薄冰覆盖的草地上，望着哈力家的毡包，发出游丝般的叹息。

这件事儿刺痛了奶奶莎拉，刺痛了叔叔凯斯泰尔，也让哈力落泪。当然，最痛的是乌库巴拉。寻找幼驼的母驼倒在雪野发出生命最后一丝叹息时，奶奶莎拉的悲悯情怀已博大得包容草原。凯斯泰尔默然无语，鞴好白马，躲在暗处目送妻子时，库姆孜琴如泣如诉……草原的爱啊，只有草尖滚落的露珠能比你的纯净，唯有长天不屈你的博大。

这时，前排的男孩悄然把女孩揽在自己怀中，紧紧相拥。

《永生羊》无疑是一部女性为主角的影片，哈力的奶奶莎拉、婶婶乌库巴拉演绎了哈萨克族女人的一生，叙述她们对爱情的渴望，对命运的抗争和无奈，叙述母爱的博大和坚韧。

奶奶离开人世前，让哈力告诉叔叔，要理解乌库巴拉。奶奶说，女人从来不是为自己活着的。

两次风雪青格里的记忆，因莎拉奶奶留下的这句话，下意识地闪回叠印在影片画面上。

《永生羊》是我两位好友的心血结晶。剧本由哈萨克族女作家叶尔克西·胡尔曼别克的同名散文改编，电影由叶尔克西在中央民族大学的同班同学、中央电视台副台长高峰执导。

草原的故事，先过过草原的眸子，这是《永生羊》在阿勒泰首映的理由。

叶尔克西告诉我，这部哈萨克语原生态电影中的所有演员都是非职业演员。他们的表演却十分到位，自然、真实。《永生羊》的摄制团队包含了哈萨克族、汉族、维吾尔族、蒙古族、回族多个民族。

"你可能还不知道，男一号凯斯泰尔的扮演者阿不都瓦依提·阿比包，就是青格里阿尼帕妈妈的小儿子。

"阿不都瓦依提问我，克西老师，您上个世纪就知道我们家的故事了吗？"

叶尔克西问我，乌库巴拉两段热烈、凄美的爱情故事能打动观众吗？她说，凯斯泰尔不动声色鞴好白马，躲在暗处默默目送妻子远去的眼神，每每让她的心揪成一团。这个时候，耳边会响起凯斯泰尔的扮演者阿不都瓦依提总是有些忧郁的歌声。

"初到新疆的人，来草原的人，看到的是她的山光水色，面孔和外形，而她更为博大、更为凝重、更为细腻、更为母性、更为包容之处，还在于她的内心世界。"

"只有走进人物的心灵深处，才有可能表现出人物内心世界的丰富。"

眼前的阿不都瓦依提·阿比包，看上去比影片中的凯斯泰尔还要挺拔些。他说，拍完电影减肥了。他是阿勒泰地区文工团舞蹈编导。

"饰演凯斯泰尔是我第一次触电，地地道道的本色表演。要说观众还能接受凯斯泰尔，那要感谢生活。我演的就是我们家的生活，演我自己。阿不都瓦依提，凯斯泰尔，你中有我，我中有你，难分你我。我们都生活在草原，在马背上摇晃着长大……"

阿不都瓦依提说，凯斯泰尔和乌库巴拉总让他想到二哥阿不都热索里·阿比包和嫂嫂阿曼古丽。他说，你默默地接受了一份爱，你也接过了责任。

"莎拉妈妈有大智慧，她是草原的预言。我的阿尼帕妈妈和莎拉妈妈一样，有大爱，一峰幼驼、一头牛犊、一只萨尔巴斯、一棵树、一株草，妈妈都心存爱怜。我们在青格里见面的话题不是夏牧场草长得深吗？就是羊的秋膘好吗？三言两语，却无处不透发着对大自然的敬畏，人与人初心正觉的情怀。"

阿不都瓦依提把对青格里的理解、对母亲和亲人的爱倾注于凯斯泰尔，凯斯泰尔才那么光鲜感人。

阿不都瓦依提——凯斯泰尔心中永恒的歌，唱给冰河中洗羊肠的母亲，唱给牛粪火旁捻羊毛的妈妈，唱给生生不息的草原，唱给故乡青格里。

"萨尔巴斯，那只羊羔的眼神，想躲也躲不开。"

直到今天，青格里还是这样：毡包的门绳系一下，石头挡一下，赶上牛羊草滩上去了。走累了，渴了饿了，遇上毡包推门进去，吃了，喝了，收拾一下走人了。

草原习俗，世代相传，风化成典。

欲望丛生的闹世尘俗，人与人的心远得遥不可及；离天近的边地旷野，人与人可以近及能听闻对方的心跳。

一年又一年一天又一天的日子，像片片雪羽落地，留下的，是让人回味不已的春绿秋黄。

切布是个快乐的青年

夏天的活路太多，擀毡是草原人家的功夫活儿

视野里不见了蜿蜒的青格里,就踏上了几天颠簸的长途。

从青格里到福海县境内的劳改农场,五百公里路,要倒几次车,先过富蕴,再过北屯后到福海。一路上,坐定点班车,搭乘拖拉机,再从福海到地处偏远的劳改农场,就只有等着去福海劳改农场的牛车了。

一路上风雪同行。出青格里,雪花一会儿近一会儿远地飘荡着。绕着阿尔泰山的雪层越堆越厚,层层叠叠翻翻卷卷。冬天上路,不怕精灵一样躲躲闪闪的雪片雪花儿,最怕看不透厚薄的云层。扯着乌云的风还是从西边一路卷了过来,挟着沙尘裹着盐碱肆意地鞭挞大地。阿尼帕、阿比包乘坐的汽车也被抽打得歪歪斜斜。

他们每次去看儿子切布,旅途都是这么

艰辛。儿子里,切布排第四。他们给儿子带了一包一包吃的用的,馕带得多。除过给儿子的,还有路上吃的干粮。馕是用牛奶和的发面,放了适量的油、盐。这种"牛奶馕"干了也不硬,香脆好吃,只有出远门时才打制这种牛奶馕。

胡大顾惜他们一路辛苦地看儿子,跟了一路的风雪到了福海悄然退去了。在福海等了三天才等到一辆去劳改农场的车。

老两口去劳改农场看服刑的切布,却从没把儿子当罪犯。老人家一直坚信,青格里养大的娃娃心肠坏不了。

切布就是哈比扎的亲哥哥王作林。

无缘无故挨了继父一顿打的王淑珍离家出走。只有哥哥是她能依靠的亲人。王淑珍在进出沙尔托海的路口搭了一辆进山拉木头的车,车停在青格里街面上的红旗旅社门口,天黑麻麻的了。师傅说,丫头,你下车吧,吃罢饭我们就进山了。

下了车打问,才知道县城离哥哥上学的跃进公社还远着呢。夜幕里流落街头,遇见了哈丽恰姆。妹妹找哥泪花儿流,哥哥没找上,找到了一个家。

在沙尔托海过了一冬又回到阿尼帕妈妈家,眨眼间大半年过去了。有人疼爱的哈比扎惦念哥哥,也惦念沙尔托海的妹妹。阿尼帕看出了她的心事,安排三儿子贾帕尔陪着她上跃进公社找哥哥。

他们去跃进中学大门口一直等到太阳落山,才见一个小小的黑点从崎岖山路奔来,茫茫天地间小黑点显得那么孤零无助。小黑点儿越来越大了,身影也越来越熟悉。他就是哥哥王作林。

"哥——"一声哥扯得兄妹泪长流,贾帕尔也泪花闪闪。妹妹对哥说,这是我贾帕尔哥哥,紧忙着告诉哥哥,她如何离家出门寻哥,怎样有了阿尼帕妈妈……哥哥眼里满是惊奇:多漂亮的姑娘!多好看的衣服!一头长发更让哥哥不敢相信……妹妹对哥说,我阿尼帕妈妈让我和贾帕尔哥哥把你带回家。

王作林走进了阿尼帕妈妈家的小院,进来后再没离开。

他对这个小院这个家一点儿也不陌生,觉着就是离开了一阵子现在又回来了。和阿尼帕妈妈说话,就像在沙尔托海妈妈和他说话,他舍不得离开这个满目阳光的家。

阿尼帕知道,沙尔托海的家已经没有力气管这个孩子了,跃进中学的条件差,助学金不够吃饭,王作林经常捡同学的铅笔头做作业,受到同学奚落,早就不想再上学了。

阿尼帕敞开博大的襟怀拥抱了她又一个儿子。她开始忙碌起来。首先要把王作林的户口迁来,添到自己家的户口簿上,县城中学不收农牧区的学生,她又一次次跑教育局,跑民政局,跑学校。学校有自己的招生计划,民政局有政策规定。

她给这个儿子取名"切布",维吾尔语的意思是"大树新长出的枝丫"。这一枝枝丫在阿尼帕妈妈家扎了根。切布转到青河县第二中学,阿尼帕妈妈家的户口簿又多了一个儿子。

切布是个多懂事的孩子啊!

他一进家门就眼见了阿尼帕妈妈阿比包爸爸的辛苦,他和家里的男孩子商量，要为爸爸妈妈分忧。暑期先去山里打柴。山里风干的松木桦木多了去，松木拌子桦木拌子是最好的烧柴。越往山里走，倒地的木头越多。但是，山深险多。深山有狼，有熊，巧了还可能遭遇雪豹。

装好柴，往回走之前，切布掏出干牛粪，架上干柴，生起火。溪流里提来清水，掏出手指头肚儿那么大一块酥油，茶烧开了，苞谷馕也烤热了，这是一天里最开心的时候！

暑期打柴全靠背、挑。切布挑柴，他说挑一担等于背两趟。寒假打柴省力多了。寒假拉爬犁，爬犁哥几个自己做，牛拉的大，人拉的爬犁就小多了。寒假打柴他们还遭遇了熊。

切布几兄弟没意识到逼近的危险，大黑牛已经睁圆了眼睛，张大了鼻孔，哞哞地狂叫。他们回头望去，一头母熊领着两只小熊仔正从山谷间向他们奔来。切布吓得差点儿从牛背上掉下来。大黑牛浑身发抖，哥几个也吓得不知所措。切布说，不能慌，千万不能慌。他突然想到野物怕火，从牛背上跳下来，把脚下的树枝拢堆生火，哥几个往火堆上紧着扔干柴。火越烧越旺，他们又掏出水壶、饭盒围着火堆使劲敲。

突如其来的火光和声响镇住了母熊，它望着火光停了下来。不一会儿，母熊领着它的小熊仔掉头朝山谷奔去。

躲过一劫，又遇一难。

受了惊吓，都急着回家。哥几个决心从结了冰的河面过，不绕道过桥了。切布领头。河面的冰虽然冻实了，但冻不住的泉水天天往外溢，在冰面上结一层浮冰。浮冰下常夹有漫溢的水。走在前边的切布突然摔了个四仰八叉，没等他爬起来，浮冰夹层的水就漫溢而出，迅速包围了他，他的衣服很快冻成了冰盔水甲。

切布冻病了。看见冻成了冰壳的切布，阿尼帕妈妈眼睛都直了。弟弟妹妹围着他，用小榔头、木棍轻轻敲掉裹在他身上的冰，把冻成冰壳的衣服轻轻敲软。

阿尼帕妈妈不停地换冷水投过的湿毛巾，凉毛巾敷在切布额头上，她的眼泪也滴落在孩子脸上。切布的额头火炭一样，阿比包一次次跑县城医院，小小的医院没有床位，对症的药也只有阿司匹林。阿尼帕只能向胡大祈祷，只能不停地换一盆盆凉水，不停地倒腾冷水冰过的毛巾给切布降温，夜里也要自己守着。终于，胡大显灵了！四天四夜，切布退烧了，能喝口水了，能喝点稀饭、面汤了。

从此，阿尼帕妈妈再也不让孩子们进深山打柴了。阿比包爸爸说，那头母熊可能还不太饿，又怕人伤害它的小熊仔，才会离开。

男孩中排行老四的切布，是个聪明孝顺又有创见的孩子，言语不多，却知冷知热，放学回家，就帮爸爸妈妈干活，啥活重干啥。

点子多有创见的切布又是最让父母操心的孩子，转学青河县第二中学时，属相小龙的切布正值调皮捣蛋的青春叛逆期。

青格里地处高寒区，不适宜果树生长。县农业局有个苹果园，说是苹果园，苹果个头小，口感涩。只有海棠果长得好，又酸又甜的果子高高挂在枝头,挺诱人。

暑期,切布筹划一起"摘苹果"。青格里夏天的正午比夜里还安静,兄弟们翻过苹果园的围墙,放哨、上树、接苹果,平常叽叽喳喳没正形的娃娃们组织严密,配合默契。正紧张兴奋地忙碌着,看园人已向他们奔来。一声口哨,迅速逃离。

落在后边的小家伙被看果园的叔叔揪到阿尼帕妈妈跟前。

阿尼帕让干"坏事"的娃娃在山墙边一溜儿排开。只见剐烂了裤子的,撕破了衣服的,一个个汗水花了脏脏的小脸。

恨自己没有教育好娃娃,气孩子不争气,阿尼帕举起手教训干"坏事"的娃娃们。她的手在切布头顶高高举起,最后还是轻轻落下。落在阿不都热索里身上却是实实在在的。

亲生的娃娃挨了打也会回家,打了养子,会不会记仇呢?老话说,"半道的孩子养不亲",阿尼帕最初也很担心。

暑假前,二中学生打群架,打得昏天黑地。第二天老师走进教室才发现,这课是没法儿上了:教室的窗玻璃已没有一块完整的,课桌也少胳膊缺腿,天花板塌了下来。这次群殴原本没有切布的事儿,他忙着帮阿比包爸爸打土坯,上学迟到了。但班里几个参与打架的学生一起咬住他不放,说教室的天花板是他扯下来的。老师不辨黑白地认定了那几个学生的说法。学校处理这起群殴事件,参与打架的学生每人罚款五十元,交了罚款就不再追究。五十元,对阿尼帕妈妈家可不是小钱,切布不敢把这件事告诉家里,他的五十元罚款一直没有交。一年后的 8 月，青格里开始"严打"，切布打群架扯下教室天花板的旧事被扯了出来，不但被勒令交了五十元罚款，还被判刑三年。

切布出事后，阿尼帕妈妈阿比包爸爸陷入深深的自责中，他们吃不香睡不安。阿尼帕责怪自己关心孩子不够，怎么就没有发现娃娃出了事呢？交了五十元罚款切布就不会落这么个下场。青格里根本就没有坏娃娃。

阿尼帕的头发从这个时候开始变白了，一缕一缕往下掉，那么粗的辫子不到一年就掉得梳不成了……

让切布刻骨铭心的一幕，发生在位处福海县的劳改农场。

那是 1983 年。我记得清，福海下了第一场雪。陶队长一早喊我，说有人探视。我心跳得厉害，血一下子涌上了脑门，我知道，我的老娘来了。

走进柯政委办公室，一眼就看见了老娘，我叫了一声"妈！"，就跪下了……老娘叫着"切布，我的切布"，抱住我的头痛哭起来。我说："妈，对不起，对不起。"说了一遍又一遍。老娘说："是妈不好，让我的切布受罪了……"她把我抱得紧紧的，不松手。我哭着叫着："我的老娘啊，老娘……"心里流的不是泪啊，流的是血……我在心里对自己说，切布啊切布，为了老娘，你堂堂正正地做人吧！

我进来差不多有三个月了，到了这个时候我才知道能依靠的人是那么少,我感到从来没有过的孤独。刚入监时,想得最多的是沙尔托海。那时候我家是多么穷啊,穷得一窝火灰里的洋芋蛋就让我们一家人高兴死了。再穷呀,想着还是温暖得很,那时候有妈疼呀。

我妈是太命苦了!她病得不行了,盼着我回家。我回去了,一直躺在床上的妈坐了起来,和我说"好想吃块锅盔",我不知道这是回光返照,赶紧地张罗,给妈熬了鸡汤,掰块锅盔沾着鸡汤喂我妈。我妈说:"好久没吃过这么香的锅盔了,享了儿子的福了……"妈吃了这块锅盔就永远地闭上了眼睛……

我还想我阿尼帕妈妈,我对正往天堂去的妈说:"妈,你保佑我们吧,保佑我的阿尼帕妈妈吧……"这辈子,最对不起的是我阿尼帕妈妈,想她的时候心痛。到了这里后,最怕家里再不认我了,我一个妈妈已经没有了,怕再没有了阿尼帕妈妈。

……

从青格里到北屯,再从北屯到福海,四百多公里路,倒了三次车,从福海县城搭牛车到劳改农场,还要走四五个小时。老娘见我一面有多难,想一想现在心还痛。那时候不让随便探监,老娘在外面等了两天,第三天,碰上劳改农场的政委柯孜尔,他是哈萨克族,老娘对柯政委说,你教育娃娃学好,我也教育娃娃学好,我的娃娃听我的,让我见他一面好好教育他,这才让见了一面。老娘给我带了一大堆吃的用的,家里打的芝麻馕、老娘熬的糖、油炸馓子、奶疙瘩，我从小弹的吉他老娘也带来了，拿起吉他，泪水又忍不住流了出来……

这么多孩子里，我是让老娘最操心的一个。"文革"刚结束，学校乱得很。我上初三，正是调皮的年龄，打群架，教室的课桌、玻璃砸烂了。一人罚五十块钱，交了罚款的不追究。我不敢告诉老娘，交不上罚款，正赶上了严打，判了三年劳教。到劳改农场时我还不满十七岁。

监狱条件很差，吃不饱，常常体罚犯人。我不能说实话，不能让老娘为我伤心，就说这里很好……

所幸有坚信儿子树大自然直的阿尼帕、阿比包。阿比包爸爸告诉切布，青格里有传统的学步礼：

娃娃刚刚开始
学走路的时候
牧人便杀羊宰牛
邀请亲朋好友
为自己的孩子举行学步礼
随着冬不拉的节奏和老人的祝愿
小娃娃如学步的马驹
在草地上蹒跚举步
路途那样遥远

有父母的双手

前程那样艰难

有父母的拯救

一步又一步

渐渐走出了

路的漫长

路的宽阔

路的风险

切布说,看见老娘抱着的吉他,他从没有那么强烈地感受到了深深的母爱,仿佛一道强烈的光芒从天而降——

"妈——"

跪倒在阿尼帕妈妈面前的一瞬间,他仿佛觉着自己扑在了病床上的亲生母亲的怀里;他觉着像是刚从雪地爬回家,阿尼帕妈妈吹一吹灶火灰里刚扒出的洋芋蛋,塞在他手里。

母爱就在这琐琐碎碎的日常中焕发出她永恒的光芒。每一天,每一年,日积月累,成为一种强大到神秘的力量,这种力量能在不知不觉中改变、规导一个人的人生过程,使人生发生根本转变。

于切布,人生启蒙从这一天才真正开始。

阿勒泰飞机场是福海劳改农场的犯人修建的。挖方、拉方、填方,全是高强度劳动,还没成人的切布天天超额完成任务。福海劳改农场碱滩沼泽地的苇草是置人死地的陷阱,十七岁的切布压碱平地播种不辞劳苦，第一年就被评为劳动改造积极分子……

  刚过完元旦，1986 年 1 月 9 日，这个日子我忘不下。就是这天，二哥贾帕尔来劳改农场接我回家。

  你不知道啊，远远望见我家的院子，远远望见烟囱冒出的烟，我紧着跑，跑着跑着哭出了声。这就是我想了又想望了又望的家呀！我的老娘啊……家是什么？家是你不再害怕的地方啊！妈妈……

  红红的炭火映照下，切布任热泪长流。窗外，高悬的明月把深冬的青格里装点得肃穆圣洁。这样的夜晚，人的情感那么本真又那么超凡脱俗。

  切布从福海劳改农场回到家，家里的亲戚全来了。阿比包爸爸宰羊，大锅里飘出了浓浓的香味，小院里洋溢着浓浓的亲情，欢迎阿尼帕妈妈的儿子切布回家。

  儿子的脸膛晒黑了，个子长高了，膀子厚实了。

  决心堂堂正正做人的切布，一心想着为家里出力，替老爹老娘分一点担子。他打土坯卖，去建筑工地做小工，替供销社放羊。阿尼帕妈妈却看出，拼命干活的儿子并不开心。儿子切布想不通，就这么点儿事影响了一个人的一生。该上高中没上成，去哪儿找工作，哪儿的门都不给"劳教分子"开。可是这一切能告诉善良的老娘吗？

儿子不说，老娘心里也知道。我的切布啊，我们谁也不抱怨，人来到了人世，一步步往前走，不停地失去很多东西，也不停地得到很多东西，这就公道着呢。肚量大点，过去了的事就从心里拿走，啥样子的路人走不过来？

阿尼帕和阿比包商量，要给切布、哈比扎兄妹的生父申诉、平反。阿尼帕对阿比包说，你不冤枉吗？你阿比包的冤枉我阿尼帕知道，我相信我的阿比包。霍帕尔不冤枉吗？霍帕尔的冤枉我们一家人知道。我的切布呢？黑石头让娃娃背一辈子吗？人的话如刀子割肉呢！砍断骨头呢！娃娃以后咋办？再大的苦吃，再大的罪受，也要给娃娃们讨个公道清白呢！

上世纪80年代始，历次政治运动沉积的冤假错案相继平反。具体到青格里的阿尼帕妈妈家，阿比包冤案平反了，弟弟霍帕尔冤案平反了。

1961年，阿尼帕妈妈的大弟弟霍帕尔从青河县中学毕业，分配到火箭公社团委工作。

1963年，青格里遭遇雪灾，县委提出"以树保畜"，大量砍伐河谷森林。火箭公社团委书记朱马别克是个热血青年，大声疾呼制止破坏森林生态的行为。

朱马别克因"反党言论"被关进监狱，霍帕尔也被隔离审查。霍帕尔被审出是从蒙古国回来的，外婆和舅舅至今还生活在蒙古国，"里通外国"的帽子就这样结结实实扣在了他头上。

霍帕尔被送到"五七"干校劳动改造。进"五七"干校监督劳动那年,霍帕尔的儿子一岁,他出来时儿子已经十六岁了。人的一生有几个十五年?

切布、哈比扎的生父王金山,一个种瓜种菜的农民,一夜间成了"现行反革命""苏修特务"。阿比包代笔陈述王金山的冤情,呈报上级有关部门。

不久,生父王金山冤案的平反文件下来了,切布兄妹背了十多年的黑石头掀翻了。

接下来,阿尼帕拽上阿比包,在县政府的楼里跑上跑下,咨询有关部门,了解相关政策,一直跑到儿子切布进了水泥厂上班。

只要遇上县里的领导,阿尼帕就要讲家住后山时的一件事。家搬后山,最要紧是防狼害,实在没想到还有人偷羊。阿尼帕奇怪,羊圈没有狼的痕迹,狗也没有叫,少了一只羊?她突然记起来,哈萨克族老乡乔肯对她家很熟悉,她也知道乔肯家已经穷得揭不开锅了。

——这可是青格里从没有过的事。

在青格里草原扎根的阿尼帕知道,哈萨克族是一个把名誉看得比生命都重要的民族,他们再苦再穷也不会把手伸进别人的口袋。她不让阿比包声张。要怪,就怪为啥穷得吃不饱肚子。

差不多有两年没来家里串门的乔肯,突然牵着一只大肥羊来阿尼帕家。他进门就感谢阿尼帕在他一家最困难的日子帮他渡过了难关,没有饿死。感谢阿尼帕顾全了他的脸面。

阿尼帕真是庆幸自己一字没提这件事儿,要不,乔肯就会进监狱。那会儿，有人偷了一头牛被判了三年。要不，今天咋面对好邻居乔肯？

阿尼帕还要跟领导说，我的娃娃为了给家里省五十块钱，小小年纪在大狱里蹲了三年。他不是一件错事没有做，可是能责怪他什么呢？有谁问过他，你的妈妈还有吗？你看看他的眼睛，羊娃子一样呢，干净得很！

进了水泥厂，切布就像一只振翅蓝天的鸟儿，他想飞得更高更高。切布聪明，点子多，踏实，不惜力，很快赢得了师傅喜欢，也有了一圈年轻的小伙伴。

那时候，单位都搞民兵训练，根正苗红身强体健的青年才能参加训练。一批又一批，就是没有切布。

想飞得更高的切布问水泥厂的书记，我跑得快，跳得高，民兵训练咋没有我呢？

"你忘了自己是谁了？劳改队里出来的有好东西？"书记扔下这句话走了。

恶语如疾风骤雨折了小鸟的翅子，蒙了好一阵儿，小青年切布突然放声号啕，一口气跑回沙尔托海爹妈的坟前。

刚迈步走进二十岁的切布，能记起的日子除过贫困饥饿就是冷脸白眼，把父亲逼上死路的书记，把母亲赶出医院的书记，给自己判了死刑的还是书记……我的老爹老娘啊，我的阿尼帕妈妈阿比包爸爸啊，这些书记咋不把老百姓当人啊，他们咋不像你们啊……

一连两天没见切布的面,阿尼帕妈妈着急了,她拽上阿比包去水泥厂打问,工友们也不知道切布去了哪儿。

阿尼帕找切布时,切布正从沙尔托海往家赶。拐上县城通往家的路,切布跌跌撞撞跑了起来。

"切布!切布!我的儿子你去哪儿了?"阿尼帕看见撞进门的儿子,大颗大颗的眼泪从黑沉沉的眼睛里往下掉,砸得人心痛。

切布迎着阿尼帕妈妈紧跑两步,扑通一声跪跌在阿尼帕面前。

"两天不见咋就瘦成了这样?到底出了啥事儿我的切布……"

头深深埋在妈妈怀里的切布一句话不说。从小习惯了,在外面挨打了,被狗咬了,吃亏受委屈了,从不给大人说,说了只会让爸心烦让妈心疼。

切布不说,阿尼帕还是从工友口中知道了事情的原委。她心里的伤比小鸟折了翅子还要痛,但她改变不了一只母羊一匹母马都不如的书记,她只能让儿子更坚强。

阿尼帕说,切布,马驹子生下来自己要站起来呢,站不起来,跟不上马群,就死呢。羊娃子要找草吃呢。牧人转场,风呀雪呀,小小的娃娃马背上放呢,摇床摇呀摇。

我的切布,你还小,马驹子一样,羊娃子一样,我的娃娃我不知道吗?你是最好的娃娃,你的日子长着呢,我阿尼帕可不能让我的儿子背上一块黑石头走路呢!

我的切布,你的命石头一样呢!你往河里看一看,青格里的石头，冬天雪埋了，夏天水冲了，河里的石头没有了吗？有呢！夏天雪没有了，冬天水不流了，青格里的石头一样在呢！

羊嘛知道护羔子，马知道护驹子，一个人连人话都不会说，你就不要把他当成个人，谁还在意牲口叫吗？

我的切布，看不见的事情我们不想，我们一点儿一点儿干好眼前的事情，我们做好事，做善事，天上的太阳望着呢，天上的月亮望着呢，这么一大家子围着你呢我的切布！

"妈——"切布从心底吐出了浓缩万语千言的一声呼喊。

> 世界上若没有女人，
> 这世界至少要失去十分之五的"真"，
> 十分之六的"善"，
> 十分之七的"美"。

什么力量也挡不住日月轮回。春天来了，再贫瘠的土地小草也要萌芽；再困苦的日子，爱情的花儿也要绽放。

切布在水泥厂谈了个女朋友。阿尼帕让切布把女朋友带回家，对未来的儿媳妇介绍说："丫头，切布过去是孤儿，现在是我阿尼帕的儿子。你看，我们的家有多大！一大家子人都等着你进门呢！"

按青格里的习俗，阿尼帕妈妈阿比包爸爸给切布建了新房。又一个新年，阿尼帕妈妈家热热闹闹地办了喜事。切布记得，1990年元旦那场雪真大！瑞雪飘飘的新年里，切布的新媳妇进了门。

切布说，他的运气不好。日子刚有了点儿模样，水泥厂停产倒闭了。去煤矿挖煤，煤矿厂又倒闭了。去青河口岸做边贸吧，做赔了。行囊空空，只能望着故乡的云回家。

切布又说，他的命好。他有永远都等着他的阿尼帕妈妈。就像费翔唱的那样，"我已是满怀疲惫，眼里是酸楚的泪"，阿尼帕妈妈召唤他，"归来吧，归来哟"，他望见了故乡的云。

阿尼帕妈妈还是那句话，啥样子的路人走不过来？阿比包和阿尼帕召回孩子们，一家人凑了四千块钱。怀揣着老娘和兄弟姐妹的亲情，怀揣着四千块钱，切布和妻子回到沙尔托海，承包了三十亩地种庄稼，买了一辆二手小四轮跑出租。

我的阿尼帕妈妈阿比包爸爸给了我人世间最宝贵的东西，父母对儿子的爱……给了我作为一个人的尊严。

好运终于光顾苦命的人儿。216国道改线给了切布机遇，有了种庄稼跑出租的资本积累，依托改线后216国道交叉228省道的地利之便，有了阅历有了眼界的切布早早盘下乡政府旁一处破败不堪的院落。切布不怕破败，他有的是热情和力气，能在废墟上起新房。

在切布眼里，这是一处多好的地方啊！布尔根河和青格里河在这里交汇后叫乌伦古河，河水在草木杂生的滩地拐出了一个湾，不急不躁地向太阳回家的方向流去。院里，一抱粗的柳树张开了华盖，夏天遮挡野火一样的太阳，冬天削弱了白毛卷过的雪暴。

沿柳树有一条水渠,引了乌伦古河清清的水流。后院的三叶草紫花苜蓿长得茂密。

人的功夫到了,胡大也怜惜呢,日子终会红火起来。切布开旅社饭馆第二年,塔克什肯口岸开放。这是中蒙第二大通商口岸,商贾旅人南来北往,东进西出,打尖歇脚。切布的这一处院落已是萨尔托海的一处风景。

阿尼帕对儿女们说,你们看,切布不是走过来了吗?

靠自己辛勤劳动养活自己。阿尼帕妈妈的希望切布实现了,这是对母亲最好的报答。

晚霞里的塔克什肯口岸很壮观。切布喜欢在人潮退去的黄昏来这里走走。

五十多年前,阿尼帕妈妈就是从这里回到了布尔根村,再到了青格里。如今,再也不会有阿尼帕妈妈一家当年的艰辛跋涉了。

沙尔托海已经很老了。莽莽苍苍的河水成就的这一方台地,是蒙古高原进入中亚细亚的大陆桥。古老的大地上演过多少金戈铁马翻天覆地的人间大剧?至今,刀子一样的风声还呼啸着七百年前成吉思汗踏过大地的轰鸣。

沙尔托海又很新。布尔根河北岸124号界碑上的国徽红得鲜艳。晚霞里的国门也红得鲜艳。这个时候,切布的胸中总会有一股热潮上涌。他知道,这是看见阿尼帕妈妈时的那种亲切,是升国旗时的那种自豪。

回忆当年，切布说，我们家穷日子过得也开心。

老二阿不都热索里只比老四切布大两岁，男孩子里他们俩玩得最好。哪个时代的年轻人都赶潮流，而那个时代时兴喇叭裤，家里只有一条喇叭裤，从老大贾帕尔开始，轮着穿，大的白天穿，小的晚上穿。

还有一件事，切布也记忆犹新。阿比包爸爸阿尼帕妈妈从吐鲁番回来那次，还带回了一双亲戚送的球鞋。试试脚，老二阿不都热索里、老四切布穿上都正好，两个半大的娃娃都想要这双新球鞋，阿尼帕妈妈按家里大让小的规矩，把球鞋给了切布。比切布大两岁的阿不都热索里没说啥，转身走了。上体育课时，切布怎么也找不见他的新球鞋。跑到学校才看见鞋穿在哥哥脚上呢，兄弟俩吵着吵着打了起来。回到家，阿尼帕妈妈一边狠狠地揍阿不都热索里，一边教训他："咋样当哥哥？以后知不知道让着弟弟……"眼看着哥哥因为自己挨打，切布心里很难受。事过后，他把球鞋悄悄放到了阿不都热索里床下。没想到，阿不都热索里又悄悄把鞋放回切布床下。兄弟俩再没穿过这双新球鞋。

切布说："这就是我的老娘阿尼帕。"

为给牧民们盖暖圈，阿热勒乡武装部部长阿不都热索里牺牲了。他留下了两个没成年的孩子，还有没出生的遗腹子。

切布抱着小祖农对泪流不止的阿曼古丽说："嫂子，你要听妈妈的话，把这个家撑起来。孩子上学你不要愁，只要有他们四爸在，他们考上啥学校,四爸就供他们上啥学校。四爸希望他们都能出国学本事呢。"

切布实在忘不了这个小哥哥。阿不都热索里转业到阿热勒乡,第一个月的工资没有给妈妈阿尼帕,他给了切布:"我刚领的工资,你先对付着。"

"那是我最落魄的时候,干啥啥不成……我们是吃一个馕坑的馕长大的兄弟啊!羊娃子吃奶双腿跪着吃,知恩图报呢……"

谁在我跌倒的时候将我扶起?
谁对我讲美丽的故事?
谁给我创伤的地方一个吻?
——我的母亲!

阿热勒夜话

慈母手中线,漫漫冬夜油灯和针线相伴阿尼帕

去阿热勒的路一直绕着山脚转。

看《永生羊》时就想好了，到青格里先去山窝窝里的阿热勒乡。哈萨克族少年哈力让我那么想早些见到一年前相识的美少年祖农·阿不都热索里。

一路上，哈力、祖农，祖农、哈力在眼前相互叠印着。

祖农是阿曼古丽和阿不都热索里的儿子，阿不都热索里是阿尼帕的二儿子。

雪野无垠。面对一统天下的雪，山山水水都成了俯首帖耳的臣子。这就是青格里的冬天。

祖农在电话里告诉我，阿热勒又连着下了两场雪，"我们这儿又像童话世界了！"

绕着山转的路成了雪壁陡立的沟槽。再牛的车也只有老老实实顺着雪壁在沟槽里爬行，丝毫不敢任性越轨，若不然就有可能被柔美的雪花装扮的陷阱掩埋。一切都会悄然而至，仿佛潜行的杀手，不动声色中，一个接一个的局设好了，要是赶巧遇上雪崩，那可真就九死一生了。

车进阿热勒，太阳已在远山烟树后。远远地，祖农箭一样飞奔而来，真是一匹扬鬃撒欢儿的小马驹啊！

"伯伯好！我们又见面了！"紧紧拥抱我的小伙子让我很温暖。

正从少年走向青年的小伙子又高了点儿，冰蓝色的眸子还真有了几分成熟。这才一年工夫啊！褐色翻领皮衣，牛仔裤，乌鲁木齐新疆军区旁军品供应站八十元一双的褐色鹿皮靴，穿在他脚上就上了档次，挺拔，帅气。

一年前，我与祖农因雪结缘。原本要回学校的祖农，因雪天留在了奶奶家，我得以在阿尼帕妈妈家见到这个青春洋溢的少年。目光不期而遇的瞬间，心头一动：金栗色的头发，一双冰蓝眸子，浓眉大眼，活脱脱一个草原王子！

混血的西域大地，有多少我们还不知道的人类基因谱系？

小家伙一口流利的汉语、维吾尔语、哈萨克语，真让我吃惊："你还会多少种语言？"

"不，伯伯，我们这儿的人都能说好几种语言。"祖农说得没错，他的姑姑叔叔哪一个都能说汉语、维吾尔语、哈萨克语，还能用蒙古语交流。

灯火点亮边城时，祖农陪我踏雪青格里。街道两边的雪几乎埋住了行道树,广场上雪堆挨着雪堆。一条条雪巷通向一户户人家。灯火里的冰雪世界真有点儿童话里的境界。

"雪真大。好多年没见过这么大的雪了。"

"伯伯,如果冬天不下雪,我们怎么办?只有一场大雪,才能让这个冬天真像个冬天了。"

这句话让我感觉,这个英俊的少年郎似早已是我的邻居或亲人。祖农告诉我,不下雪可是草原的厄运,半年缺水的草场遭虫灾,蝗虫遮天蔽日,只要蝗虫飞过,草场就只剩下草根了。阿热勒乡遭遇过大旱年。

此后,我和祖农成了忘年交。他在乌鲁木齐读书,我们同在一城,一年只见一两次,不是我云游远行,就是他实习去了阿里高原。祖农给我电话时总问,伯伯,什么时候还能见到您呢?我说,很快。很快是多久呢?我心里已有了主意,下一个落雪的日子去看他,去看望他的父辈、祖辈。

时光就这样匆匆又是一年。

皑皑雪野包裹着的阿热勒,仅有的一条柏油铺面的街道被冰雪覆盖了。街两边的铺面大都关着门。去祖农家经过的一间临街铺面,灯光透过了窗花,窗台上火红的盆栽惹了人眼。

阿热勒是青格里的一个乡,"文革"时改名为"红旗公社"。就像一场风,再凶猛,风过后天还是那方天,地还是那块地,断了的树也从老桩子抽出了新枝条。风潮过后,"红旗公社"又叫回了阿热勒。这是草原风化成典的穿透力。

祖农家，在下了街道靠后一排平房的当间儿。

石灰新粉的墙，还散发着以往岁月曾有的清新；浓郁的奶茶香味是从红泥小火炉上的茶壶飘溢出的；白净的床单，新铺的一张床显然是为我准备的。多么亲人的孩子啊！

拜望过祖农的妈妈、舅舅，我们到了他暖意融融的小屋。

祖农，你猜我看《永生羊》时，眼前还会有哪些画面？

他笑了。伯伯，我知道。您要我说吗？那一定有我，有小叔，还有奶奶。小叔带我看《永生羊》时我就说，奶奶是莎拉奶奶，小叔是凯斯泰尔叔叔，哈力就是我。

演哈力的小演员很本色，要是你演也一准成功。

最早是让我演，我太大了，伯伯。

孩子，你有一个多么善良的奶奶啊……

伯伯，您知道我爸爸为什么从城里到了阿热勒吗？

……

是为了我妈妈。奶奶说，爸爸娶妈妈就要随妈妈到阿热勒。伯伯今天你看到了我们家，外婆、舅舅都有残疾。奶奶说了，爸爸要娶妈妈就要进外婆的家门。春天，把羊赶到山坡上；冬天，转场到冬窝子，要把房梁架到墙上。很小的时候我就听外婆说，我们阿热勒的美就是羊群。羊呀牛呀都是家里的成员。风吹草低的夏牧场，是羊群的天堂。大雪封山前，羊群要转场到冬窝子。一年一度千里转场，骆驼驮着搭建毡房的棚架、毛毡、锅碗瓢盆，女人骑马护着孩子，牧人催马扬鞭风雪兼程。忠诚的牧羊犬鞍前马后紧随主人，照应着羊群。奶奶要爸爸从城里到乡里，是要爸爸担起妈妈一家的担子。奶奶对爸爸说，你如果真心爱阿曼古丽，她上高山你也上高山，她下冰河你也下冰河，她走到哪个地方，你就跟到哪个地方。

爸爸听了奶奶的话，爸爸是个孝顺的儿子。爸爸从部队转业后，放弃了城里的工作，到了阿热勒妈妈家。

> 我家住在她家旁　高高的山岭
> 马儿备着银色的鞍　挂着串串小银铃
> 爱人呀
> 河边唱歌最舒心
> ……

伯伯，我喜欢这首民歌，是我们青格里本土哈萨克族民歌，爸爸一定给妈妈唱过……

伯伯，我爷爷是维吾尔族。奶奶的爸爸是维吾尔族，奶奶的妈妈是哈萨克族。我外公外婆是哈萨克族。我身上有维吾尔族的血，也有哈萨克族的血。我的头发、眼睛像妈妈。奶奶说，我的脸盘还有额头是爸爸的。

1996年8月30日，爸爸永远地走了……那是个星期天，爸爸叫上小叔阿不都瓦依提帮助牧民建暖圈。爸爸是武装部部长。干了半上午了，爸爸叫小叔歇一歇。小叔还逗我玩呢。只听轰一声，暖圈干打垒的土墙塌了，爸爸不见了。小叔慌忙在土堆上挖，我也拿一把小铲子挖呀挖，赶来的人越来越多，终于看见爸爸了，爸爸再也不说话了……不管怎样叫他，他的嘴都紧紧闭着。

再有十六天我就满六岁了，爸爸说好9月1日开学领我去报名上学，爸爸没有等到这一天……

爸爸走的这天，妈妈哭得晕过去了。奶奶没有流泪。奶奶问妈妈，我的孩子，你不怨我吗？奶奶说这句话时，眼泪掉了下来。我现在明白了，奶奶可能在想，要不是她让爸爸到阿热勒，爸爸就不会死得这么早。

夜里，奶奶搂着我哭了。我还从没见过奶奶哭得这么伤心，她可能怕让别人听见，就把我紧紧搂在她胸前。奶奶说，我的娃娃呀，是我，你的奶奶把你的爸爸赶到了阿热勒乡……奶奶说，都说世上有一种草叫还魂草，可以让人死而复生，还魂草长在哪个草原呢？我要翻过九百九十九座山，涉过九百九十九条河，经历九百九十九种磨难，只要能找到还魂草，召回你爸爸的灵魂……我的祖农，你一定好好长大，长成一个你爸爸那样的好汉，大山一样挺立，山鹰一样勇敢，松鼠一样机敏，好好长大，我的祖农……你是一个太了不起的娃娃，这么小没有了爸爸，要陪着妈妈、妹妹，做家里顶天立地的男子汉……奶奶的眼泪流呀流，一直流到太阳出来。

奶奶的孩子里，她最疼爱爸爸。上中学时，我知道了"羔羊跪乳"

的意思。爸爸就是知恩图报的人，爸爸有献身精神。我不止一次从梦中高兴得惊醒，在大山深处我找到了还魂草，梦里的还魂草有时候像开蓝花的马兰，有时候又是我们阿热勒到处都有的野芍药，开得满山遍野一片红……我们这里的人认为，死是不存在的，他只是到了另一个世界。一个人，只有大家不再提起，被家乡遗忘了，那才是死了。伯伯，你不是要找高爷爷吗？高爷爷就对我说，祖农，你爸爸在呢，麦子灌水的夜里，我看见他呢！

伯伯，现在我懂了，还魂草没有长在草原上，它只长在人的记忆里，长在人的心里。只要情感滋养着它，它就不会凋零。爸爸的还魂草一定会陪伴我的人生旅途，枝繁叶茂，给我希望。

伯伯，您知道吗？奶奶一家是从科布多回来的，奶奶的故事太多了。爸爸也是有故事的人。您知道我有个妹妹在苏州上内高班，您不知道我还有个姐姐。姐姐就在青格里。姐姐的妈妈是文工团的演员，听奶奶说她长得很漂亮，能歌善舞。爸爸入伍前就和姐姐的妈妈好了，他们很浪漫，还没结婚就有了姐姐。姐姐还没出生，爸爸参军入伍。未婚先孕在当时可是个大事呀！奶奶赶紧操办了爸爸的婚事。可惜好景不长，爸爸在部队一待三年，姐姐的妈妈去了哈萨克斯坦，姐姐是奶奶和我妈妈带大的。

爸爸转业回来后，和姐姐的妈妈离了婚。就在这个时候，外婆遇见了奶奶……

伯伯，我给您说的这些家事不影响爸爸的英雄形象吧？

炉盖的火红渐渐褪去了，窗玻璃上冲出的几线水痕重又凝结出晶莹的迷蒙。透过寒夜生花的玻璃窗，月色如霜。

伯伯，您听，下雪了……

推门，月光里雪花飘飘。

小时候，奶奶常对我说，能听见天上雪下来的声音，好运气呢！

雪夜这边独好！宝蓝色的夜空纯净如婴孩的眼，天净情真。都说，天上一颗星，地上一个人，阿不都热索里，能听见儿子对您的呼唤吗？能感知亲人对您的怀念吗？

伯伯，要睡了。明天您不是还要找高爷爷吗？明天是冬宰节，让您赶上了……

附耳听雪的美少年呢喃着渐入梦乡。今夜的梦中，还魂草又是个什么样呢？

好大一口锅

这口直径一米二的大铁锅记录了一段艰辛又温暖的岁月。如今，"团圆锅"只有逢年过节才能派上用场

一个人，在生命游离的最后瞬间，挂念着什么？

——儿女。

1992年深秋的一个傍晚，青格里又有了临终托孤的一幕。这个人紧握阿比包的手，积攒着最后一口气，时断时续地说完了他一生最后的话："我……不行了，这么些年，你们家对我恩重如山，我……还不上了……娃娃拜托你啦……你就是孩子的再生父母……"

临终托孤的人，就是切布、哈比扎的继父金建军。

金建军是个苦人儿，切布的生母马合麦、生父王金山也是苦人儿。

王金山是地道的农民。在饿死人的年月从甘肃盲流新疆，最后在青格里紧挨外蒙古的沙尔托海落了户。躬耕垄上，会种瓜种菜的王金山为人正派，处事谦和，他做梦也想不到，一夜之间自己就成了"现行反革命""苏修特务"。

阿比包、阿尼帕给王金山申诉冤情时才知道，"文革"时，公社的书记误解上级命令错发了信号弹，造成紧邻蒙古国的沙尔托海局势紧张，边境对峙。这在当时可是个大错误，公社书记可不会担这个责任，他把罪责压在了老实厚道的王金山身上，种地活命大字不识的农民王金山申冤无门，以死抗争。

王金山含冤离世，长子王作林不到六岁，长女王淑珍不到四岁，王淑英一岁，王淑花还没出生。乡邻劝马合麦，不送人两个娃娃，一家人能活出来吗？苦人儿马合麦舍不得，爹没了，苦命的娃不能再没娘，就是死，娘儿几个也一搭儿死吧！

白天地里扒拉，一头星星出门，一头星星进门。夜里油灯下补衣做鞋，一年三百六十五天，天天车轱辘转。天寒地冻裂了的冬日，谁也不出工了，马合麦还在四处找活儿干。

日月里挣命的苦人儿马合麦遇上了河南走了西口来沙尔托海的金建军。孤儿寡母，还挺着个肚子，看见了让人不能不心生同情，想一想又不能不让人佩服。哎，这个女人家呀！

时日不久，汉族小伙儿金建军走进了马合麦家的门。他对马合麦说："我想了多日，进你家的门，我是四个孩子的爹，这担子可沉。话又说回来，孩儿一天比一天大，总归有个盼头；俩搭伴儿总比单飞强，你能干，我不惜力。再说，我也不年轻了，气管又不好，你不嫌弃俺，咱就搭伙儿过吧……"

咋说呢？苦人儿遇上了苦人儿吧。

俩人去公社领了结婚证。马合麦领着四个娃娃进了金家门，遗腹子淑花八个月大了。翻过年夏天，女儿金华出生了。又一年，儿子金海出生了。金海给这个处处透着穷气和叹息的家添了许多喜气。

黄鼠狼专咬病鸭子。金海出生不久，马合麦常常感到腰酸腿软，肚子痛时就发烧，积劳成疾的马合麦一直硬撑着，直到躺倒在床。金建军这才慌了，借了马爬犁拉马合麦到富蕴县医院，结果已是肝癌晚期。

> 到金家也就是五六年吧，我妈病倒了。肝病，累的。开春播完麦子躺倒的，夏天还没收麦子就走了。四十出头就死了。我妈死时我十一岁，最小的妹妹金雪莲不到一岁。
>
> 我只有找我哥……

弥留之际，这个苦命的女人紧攥住金建军的手不松，她已经说不出话，金建军知道，七个没成年的孩儿是她难舍的牵挂。

马合麦去世后，金建军一病不起，地里的庄稼也打了荒……

这是哈比扎兄妹离家出走的背景。

切布进阿尼帕妈妈家这年寒假，阿尼帕就让他和哈比扎一起回沙尔托海，接来妹妹淑英、淑花。阿尼帕给王淑英取名"热孜亚"，维吾尔语"春天"的意思；给王淑花取名"阿依古丽"，维吾尔语"月亮花"的意思。

这次，阿尼帕妈妈又把他们异父同母的三姐弟揽在怀里。阿尼帕给金华取了维吾尔语名"玛丽亚姆"，意思是"孝敬父母的好女儿"。金海叫"热马赞"，意思是"像太阳一样有力量有热情的男孩"。金雪莲叫"索菲亚"，意思是"清丽秀美的女孩"。

每一个名字都有阿尼帕妈妈一份期盼，每一声呼唤都牵扯着阿尼帕妈妈一份疼爱。

爱哭的索菲亚见到阿尼帕妈妈就不哭了，阿尼帕往哪儿走，她的黑眼珠就往哪儿转，咧嘴呀呀地笑。阿尼帕看着这个小不点儿，对孩子们说，你们谁没有看见，羊娃子一生下来就跟上母羊转圈圈呢，一步不离开，不见它的妈妈它不叫，见了妈妈它才叫，撒娇呢！

阿尼帕最发愁的是二十多口人的一日三餐。她又换了一口锅，新换的大铁锅直径一米二。就是这口铁锅，一人一碗，锅就见了底。打一坑馕，围在馕坑边的娃娃熟一个吃一个。

阿尼帕、阿比包所有的心思所有的力气都用在了一家人能吃饱肚子上。

一颗善良、悲悯的心支撑着阿尼帕走过一天又一天。

这口大铁锅，记录了这个大家庭一段难以言表却又温馨无限的艰辛岁月。

青河县政协委员卡丽曼是阿尼帕妈妈的头生女儿。六七岁记事起，她就知道家里这么多人，不知道妈妈爸爸从哪里弄来这么多吃的。

卡丽曼说，艰苦的日子里，对生活的渴望和信心，就像冬天的太阳。妈妈最爱说，你看，这不是走过来了吗？可是，过完春夏秋冬才是一年，三十多个春夏秋冬咋样走过来的呢？

妈妈最愁的就是一家人的吃饭，全青河也找不见我们家那么大的锅，直径有一米二。做满满一锅饭，一个人还分不上一碗就没了。打上一坑馕，馕坑边围了一圈娃娃，熟一个吃一个，吃完了还没吃饱。那时间粮食定量嘛，我们家这么多没有定量的娃娃，每一张嘴巴都要吃饭。我们家所有的收入都换吃的也不够。爸爸下了班帮人家宰羊宰牛，就是想弄些下水。天还没有亮，妈妈不见了。太阳从山后爬上来，妈妈背着一捆柴一篮野菜回来了。我们什么野菜都吃过，野蘑菇、蒲公英、野韭菜、野葱、野蒜。野韭菜、野葱拌上苞谷面蒸，好吃着呢。

秋天就去拾麦子，捡洋芋。我们感谢洋芋，洋芋养大了我们一家。那时间，我们家院子后面有一块地，很大的一块地，阿奔、切布、哥哥们种洋芋，种红萝卜。夏天天天都是苜蓿蒸的菜疙瘩，秋天冬天天天都是洋芋疙瘩，上学也带着洋芋疙瘩。那时间，天天盼着能吃上一碗拉面，吃上一顿抓饭。

妈妈很会想办法，我还记得爸爸的战友从伊犁来看爸爸，他们一个部队的，感情很深，又很久没有见面了，想盛情款待又没东西，妈妈用麦粒做成了饭。先把麦粒子煮熟，然后在上面盖上奶皮子蒸。爸爸的战友夸妈妈，哎呀，嫂子，你的手咋这样巧！

那时间，睁开眼就知道爸爸妈妈的辛苦。想起小时候伤心得很，妈妈就是想咋样养好这些娃娃。她找了个洗羊肠的活儿，天不亮就走，在河里一站就是一天。洗羊肠很辛苦，曲曲弯弯的羊肠子有三四十米长，要一眼看准胃和小肠的接头，拉出小肠边洗边盘，看上去容易，其实又累又要有耐心。力度要均匀，一旦羊肠破裂，粪便流出来，难洗，肉也弄脏了。

妈妈啥都会干，用羊骨头牛骨头熬油，加上碱蒿子、碱柴灰，做肥皂。做肥皂时妈妈不让人看，说人看了就结不成块了。妈妈做的黑肥皂洗衣服干净，洗头发亮。哈比扎的头就是妈妈的黑肥皂洗好的。娃娃发烧，妈妈用羊尾巴油擦呀擦，烧就退了。野蒜放在羊油里慢慢熬，能治胃病，还能治感冒。七二年，阿依古丽，也就是王淑花，出麻疹。一个传染一个，全出开麻疹了。疹子出不来，就会落下麻子。妈妈杀了热黑曼的山羊娃子小黑，宰了煮上后，又把野芹菜、野韭菜剁碎放进去慢慢熬。娃娃们一人一碗喝了后，三天两天疹子发出来了。

冬天，进山拉柴，一人一个雪爬犁。我们家的柴火全是我们从山里拉的。冷，真冷，新疆的青河东北的漠河是中国最冷的地方。

小时候家里真困难，一年四季，我妈的十个手指头没见好过，粗糙皲裂，血水渗出来，总是胶布裹着。摸摸我们的脸，刺痒痒的。小妹妹热黑曼躲妈妈的手，怕扎呢。想一想，最可怜的是冬天在河坝里洗羊肠、洗羊毛，手指头像羊啃了的胡萝卜一样。困扰我妈一辈子的风湿病就是这么落下的⋯⋯再苦再累，却从来没听见妈妈爸爸抱怨过。也从来没有为吃为穿为娃娃吵过架。冬天多冷啊，妈妈一边洗衣服，一边和娃娃们又是唱又是跳。再穷，我们家也干干净净。这个窗台上的酒瓶子装的是我家麦子地里的麦子，中间还有几穗青穗子。那个窗台上的瓶子里插的是蒲草棒子。太阳通过窗玻璃照进来，真是好看呢！我妈说，水洼子里的蒲草棒子不值钱，摆在我家窗台子上，嗯，你就看见了青格里的笑脸脸。

再困难妈妈也要我们上学，妈妈兄妹七个只有她没上过学。家里太穷了，她一手带大了六个弟弟妹妹，自己吃不饱也供弟弟妹妹上学。我的三个姨姨、三个舅舅没有一个因为贫穷失学。他们两个上了初中，两个上了高中，一个中专毕业，还有一个大学毕业。四姨吾拉孜汗在伊犁上学，妈妈每个月按时给她寄二十块钱生活费，家里再困难这个事情也不能拖，一直到四姨中专毕业。我们十九个娃娃，也全都上学读书，家里用不起电灯嘛，妈妈在碗里放点儿羊油，用旧棉絮搓成个条条放进去,这就是我们写作业用的羊油灯。妈妈说,要饭也要让娃娃们上学读书。

"哎呀,昨天的事情三天三夜也说不完,那么难的日子还是走过来了,现在想一想,脑子里留下的高兴事儿还是多些,妈妈爸爸乐观开朗的遗传吧。"

卡丽曼说,小时候也有想不通,家里那么穷,妈妈爸爸干吗还要收养那么多人家的孩子?因为是老大,谁都要让,受的委屈最多。妈妈爸爸最信任谁,对谁的要求也最严。我妈说,和羊一样嘛,一群羊看头羊,头羊不走,咋样抽鞭子后面的羊群也不走。只要头羊的蹄子一迈步,再高的山,再深的水,后面的羊也一只跟上一只走。老大要做好样子呢!提起哈比扎的绿裙子,卡丽曼说,她气得直哭,一天没吃饭,好几天不理妈妈。自己有了孩子后,知道了一个母亲的伟大。

最小的热黑曼对妈妈的怨气比大姐卡丽曼还大呢!

阿尼帕妈妈要宰热黑曼的小黑。小黑是一只小山羊,它很小的时候,热黑曼久久央告妈妈,最后眼泪都下来了,阿尼帕妈妈才给她留下来。小黑生下来就弱小,羊妈妈又没奶,阿尼帕妈妈怕它活不下来。

热黑曼把自己很少的一份牛奶给小黑喝。小黑多可爱呀!两只小角就像她左右手的大拇指;两只眼睛就是两颗黑宝石,它盯着你看的时候,又像明净的紫水晶,浓密的睫毛更添了几多似水柔情。通体黑色油光水滑，不一会儿，有事没事它都对着热黑曼叫几声，声音就像牙牙学语的小巴郎，奶声奶气的。小黑一叫，热黑曼就给它掰一小块奶疙瘩。小黑是热黑曼的索尔巴斯。

养大一只羊羔一头牛犊容易吗？还是一只弱生的索尔巴斯。太阳把白天拉长的日子，羊羔牛犊出生了。春天也扯着夏天到了草原。卡丽曼指着小姨哈丽恰姆、小妹热黑曼大声吆喝："你们两个，快！把羔子赶到山坡上去！羔子要是把母羊的奶吃光了，你们一滴也喝不上。"

羊羔往南山坡去时，卡丽曼开始挤奶。她挤完羊奶，挤牛奶。挤完奶，卡丽曼松开羊妈妈牛妈妈时，动人的一幕出现了：羊羔、牛犊冲着羊妈妈、牛妈妈狂奔，羊妈妈、牛妈妈呢，更是迫不及待地迎向自己的孩子。

看着蹦蹦跳跳的羊羔、牛犊，热黑曼一脸灿烂。羊羔、牛犊含上妈妈的乳头再也不松口。热黑曼也给她的小黑掏出了奶瓶。

草原享受着幸福时光。只见草尖突然间卷起了波浪，轰隆隆的雷声已滚过草原。狂风驱赶暴雨挟裹奶疙瘩大小的冰蛋蛋撒向草坡、河谷。热黑曼抱上小黑，紧随姐姐、小姨赶着牛羊进入枝叶遮挡的林子。

眼看着一条条小溪汇流成河，急急奔下山去……突然间，满天乌云一下子不知去了哪儿，太阳又抖着一身金光亮向草原。

六月天，孩儿脸。

小黑从热黑曼的怀里跳到草地上，甩掉头上的雨滴，对着热黑曼轻声呢喃着。

八月,小黑已经不用喂牛奶了。一放开它,它就往草地跑去,埋头吃青草。怎么这样馋呢?小黑最爱吃的,还是开紫花的苜蓿。触碰到草中的花朵,它会轻轻缩回带个小白点的嘴头,怕碰痛了花朵似的。夏牧场的花儿多了去,艳艳的红芍药,紫悠悠的马兰,最多的还是太阳染黄的草原菊。

热黑曼只要轻轻地叫一声:"我的小黑呢?"它就蹦蹦跳跳地出现在热黑曼跟前。小黑和小狗巴斯一起玩。巴斯绕着小黑跳着跳着就咬它的白鼻头玩,小黑竖起尖尖的耳朵,用花骨朵一样的小角,回敬巴斯一个仰八叉。树上的鸟儿叽叽喳喳笑起来。

青格里再没有比小黑和热黑曼快乐的了。

妈妈却要剥夺热黑曼和小黑的快乐。热黑曼哭得伤心极了,"你这个妈妈对别人家的娃娃那么好,对自己最小的丫头冬天一样呢!"

阿尼帕妈妈对热黑曼也对小黑说:"姐姐病了,哥哥病了,小黑能救姐姐,能救哥哥,小黑吃了山上一百种草,它治百病呢……"

热黑曼当然知道妈妈会治病呢,娃娃感冒发烧,阿尼帕妈妈烧上一大锅热水,给娃娃烫脚,洗身子,再用羊尾巴油一遍一遍擦,擦呀擦呀,烧就退了。野葱野蒜放上羊油熬,能防治感冒还能治胃病。

热黑曼知道,这一次可不是头痛脑热,是出麻疹。

先是阿依古丽,就是王淑花病了。她身上长满了小疹子,接着脸上也满是小红痘痘。小疹子要出来没出来的时候很痒,阿依古丽忍不住用手抓挠。

阿尼帕把她的手指甲剪得秃秃的,又把自己一条洗得很软了的衬裙剪开,撕成条,洗净后缠住阿依古丽的手指:"丫头,可不能抓呀,脸抓破了就留下麻子坑了!"阿依古丽高烧几天不退,阿尼帕妈妈用湿毛巾敷在她干裂的嘴唇上,一天数次用热毛巾擦身。在牛奶里放适量的大米小火慢慢熬,熬得软软的绵绵的,一勺一勺喂她的女儿。

阿尼帕不让别的孩子做这些,麻疹传染太厉害了。结果,孩子还是一个一个传染开了。阿尼帕妈妈急得满嘴都是燎泡。

热黑曼领着小黑去草滩吃最后一把草,又去河里汲了一小桶满是星星的水,给她的小黑喝了最后几口水。小黑抬起头,像个小精灵,望着热黑曼,像有许多话要说。

热黑曼忍不住哭了起来,跑得远远地躲起来。小黑呢,它静静的,看见阿比包爸爸走过来,它就卧在了一块石头旁边。阿比包爸爸不忍心地抚摸着它:"你生不为罪过,我生不为挨饿,原谅我们,黑耳朵。"

阿尼帕妈妈和阿比包爸爸去后山挖野芹菜野韭菜,剁碎和小山羊黑耳朵放在一起慢慢煮汤,娃娃们一人一碗,三两天疹子发出来了。阿尼帕妈妈高兴得很,"疹子发不出来就落下麻子了,巴郎子不说了,我们漂亮丫头嫁不出去咋办呢?"

月亮上来了,热黑曼去河里汲水,又看见了小黑紫水晶的眼睛,想到妈妈说小黑的话:"我们都喜欢你的小黑呢,它样子温柔得很,心石头一样坚强呢!"

"妈妈的心也石头一样硬呢!"想着妈妈说小黑的话,热黑曼自言自语地说妈妈。热黑曼小时候的记忆委屈太多。她不愿过六一儿童节。六一同学们都会穿学校统一做的蓝裤子,她们家的孩子从来没穿过新校服。妈妈总是把冬天穿的棉裤改成夏天的单裤。小朋友们带着好吃的零食到学校,她们家给孩子的节日礼物只有妈妈做的酸奶和一小块馕。

"那时候,我特别恨我妈我爸,我最小,挨打最多。"

霍帕尔舅舅生病住院了。阿尼帕做了抓饭,让热黑曼带上索菲亚一起给舅舅去送饭。放了肉的抓饭真香!半路上,两个小丫头禁不住诱惑,热黑曼怂恿索菲亚,抓饭这么香,我们尝一点点,再给舅舅送去好不好?两人迫不及待地打开饭盒,你一口我一口,一盒香喷喷热乎乎的抓饭眨眼间吃光了!两个人跑到河边洗干净饭盒回了家。阿尼帕妈妈问她们:"舅舅说好吃吗?"热黑曼看了索菲亚一眼,俩人一起说:"舅舅说香得很!"

结果,热黑曼挨了一顿打。又好气又好笑的阿尼帕妈妈打她一巴掌说一句:"就你鬼点子多!就你鬼点子多!"和她一般大的索菲亚只是陪着罚了站。

岁月一边漏着些什么也一边攒着些什么,小时候的记忆总还是留下不少甜蜜。上小学一年级,大姐卡丽曼给热黑曼买了一双漂亮的塑料凉鞋,粉红色,鞋襻儿是好看的乳黄色。这之前,热黑曼别说穿了,见也没见过这么好看的凉鞋!小丫头兴奋得不舍得离手,晚上睡觉新凉鞋放在枕头下面,半夜醒来摸摸枕头下面,害怕漂亮的凉鞋突然不见了。

细碎的器皿碰撞声让我看见了晨光里的奶奶。奶奶低着头燃着了灶火,往灶膛里又添了几截木拌子。直起腰身,把茶炊里装满水,掰碎砖茶放进茶炊,又细细地把灶台擦得能照见人影子。冲洗一只只茶碗的时候,没有发出丁点儿响声,大概是怕惊扰了还在睡梦中的我们吧。茶炊"噗噗"顶着壶盖冒热气了,奶奶用汤勺先把浮在一只大碗上面的奶皮舀两勺倒进茶炊,又舀两勺刚挤的牛奶倒进茶炊搅啊搅……

然后呢,奶奶就忙着打馕。软软的面团在奶奶手里变成了金黄金黄的向日葵。奶奶打馕时,爷爷一定在她身边。

——这是祖农眼睛里的温暖。

祖农的爸爸阿不都热索里和叔叔姑姑是吃玉米面打的扎格尔馕长大的。阿尼帕妈妈用羊尾巴油、羊杂碎炼出的油打扎格尔馕,馕面儿上撒一层皮芽子,胡萝卜下来了撒一层剁碎的胡萝卜,发面的引子不知传了多少年,还要用切克库西在馕面儿上打出好看的花纹。琢磨来琢磨去,都是为了让玉米面做的扎格尔馕好看好吃。

只要有扎格尔馕,家里就有欢声笑语。

打馕很辛苦,头天晚上阿尼帕就要把面发好,第二天一早阿比包先烧馕坑，馕坑烧亮，火候正好了，阿尼帕弯腰往馕坑里一个一个贴馕。香味有了，馕就熟了。馕香味弥漫开来，阿尼帕的汗水湿了衣衫。

阿比包是打馕坑的高手。他从山根下拉来红色的黏土，把羊毛掺在红黏土里和上水不停地踩，羊毛全踩进红泥巴里了。阿比包把掺了羊毛的红泥巴揉成大泥坨子，再把大泥坨子拉成长两米多、宽十几二十厘米、厚五厘米左右的泥条子，圈在地上。底座大小定好后，往上一层层续泥条子。续一层就要停下来，晾干后才能接着往上续。续到口径五六十厘米就该收口了。晾晒个把月，阿比包把梭梭柴砍成二三十厘米一截，放馕坑里烧。梭梭火头很硬，烧到馕坑外面一摸烫手时，在馕坑外面抹一层厚厚的红泥，再往里面贴嵌小孩子拳头大小的石头。这是为了保持馕坑打馕时的温度。最后，馕坑外砌一圈围墙就成了。

"阿比包的馕坑"在青格里有名声。

在阿尼帕妈妈家，吃馕不能掉馕渣。阿尼帕教育娃娃们：感谢食物，感谢我们吃的馕，感谢长了麦子的大地、雨雪和阳光，感谢胡大的创造。吃馕掉了馕渣，长大眼睛瞎呢……

在祖农的小叔阿不都瓦依提心中，妈妈是一个善良的智者，没有她不会的，山大的事儿也难不住她。

在他的记忆中，再没有比洋芋蛋亲的东西。

我们家感谢洋芋蛋，我们都是亲亲的洋芋蛋养大的娃娃。在后山住的时候，我们家种了一片麦子，还种了一块洋芋地。要说，最亲的不是麦子，是洋芋。我妈啥时候学会种洋芋了啊？长大了我妈告诉我们，她是在县里菜队干活时，跟切布哥的继父老金叔叔学会种洋芋的。老金叔叔是个种菜能手，青河种洋芋就是从老金叔叔开始的。

洋芋真是个好东西，青河家家户户种洋芋。夏天洋芋开花，有紫花白花，还有粉红色的花，真是洋芋蛋开花赛牡丹！粉嫩粉嫩的洋芋花是一年的希望啊！垄沟培得厚墩墩的，地培得厚洋芋长得大长得多。

秋天到了，看见垄堆炸开手指头那么宽的裂缝了，挖开垄堆，准有一窝圆鼓鼓的洋芋蛋。往出提起根基一提一嘟噜，一个个圆溜溜的，真是让人喜欢！收洋芋的时候，全家老小都出动。又有新洋芋吃了，多幸福的事儿啊！满院子都是笑声，都是洋芋蛋的清香味儿。

我们家洋芋地挖过后，你连羊屎蛋蛋那么大的小洋芋也找不见。小洋芋蛋蛋和小胡萝卜棒棒一起蒸，又甜又香的味道让人垂涎欲滴。阿尼帕妈妈再薄薄地撒上几粒子白糖，那就做梦也让人想呢！哎呀，我们是洋芋蛋养大的娃娃！

我们先吃小洋芋。大洋芋要留着客人来了吃，过古尔邦节吃。我妈吃洋芋的花样多，烧着吃，和着苞谷面贴饼子，吃得最多的还是蒸洋芋。紫皮子的开花洋芋一上蒸笼就开了花，吃上沙沙的，香甜香甜。冬天夜里，围着炉子吃火灰煨熟的小洋芋蛋，那就是神仙的享受了。

那时候，青格里的粮食政策明文规定：六公斤土豆顶一公斤原粮，七公斤土豆顶一公斤面粉。阿尼帕总要把一些面粉换成土豆，亲亲土豆帮了阿尼帕的大忙。

洋芋喂养的娃娃一天天长大了，脸蛋儿红扑扑的，身体棒棒的。多么苦难的日子都被一天又一天的时间盖得严严实实了。

"只有我妈那双手知道这么一大家人是咋样过来的。拍《永生羊》时，我眼前总是有我妈那双手，手心全是厚厚的老茧，冰水里泡久了，手指头红萝卜一样肿着，我们家的故事，都在我妈这双手上了……"

拍《永生羊》时，阿不都瓦依提听说了一只小鸟的故事。这个故事发生在美国黄石公园。坐地美国西部北落基山和中落基山的黄石公园是世界第一个国家公园，建于1872年，上世纪80年代末，黄石公园发生特大森林火灾。因伐木工违规丢弃烟头引发的森林大火，差不多烧毁了黄石公园一半林木。

大火扑灭后，护林员地毯式搜寻残存火种。满山遍野尽是横七竖八烧焦的树木。一个护林员在一株倒地的大树根部，发现了一只奇怪的小鸟，它已经死了，却雕塑一样直立着。护林员用木棍触动小鸟，从已经没有生命的翅膀下钻出了三只雏鸟！护林员被这一情景惊呆了。

可以想见，当浓烈的烟雾不断升腾，这只鸟妈妈敏锐地察觉到了灾难临近。它急忙把它的三个孩子拢到大树下，躲在自己的翅膀下面。鸟妈妈原本可以展翅逃离这场灾难，它却没有抛弃孩子，临危不惧，用母爱撑起了铁一样的翅膀。

美国《国家地理》刊登过这双翅膀的照片，感动了世界无数人，也感动了正在拍摄《永生羊》的阿不都瓦依提。

身材娇小的热黑曼最怨小时候妈妈没有喂饱她，她的个头没有长起来。

不到一岁的索菲亚到阿尼帕妈妈家时，比她小几个月的热黑曼还在哺乳期。没了妈妈，又到了一个陌生环境，索菲亚不停歇地哭。一边是热黑曼，一边是索菲亚，两个娃娃都争着要妈妈。热黑曼一吃奶，索菲亚就哭，叼住阿尼帕妈妈的乳头索菲亚立马不哭了。只好一边喂一个，没妈的娃娃你说咋办？两个丫头不哭了，阿尼帕妈妈虚得一头是汗水，两只胳膊也僵得抬不起来了。

热孜万古丽是热黑曼的表姐，卡丽曼的表妹。热孜万古丽对热黑曼说，一天天长大懂事后，时常觉得对不起母亲玛丽亚。玛丽亚是阿尼帕的二妹。

听说玛丽亚怀孕了，她婆婆高兴地去亲戚家借摇床。那时，青格里还不通客车，一个县只有几辆运货的汽车。这几辆车天天围满了搭便车的人，先装好货，再坐人。不管货装多高，人总能爬上车。好不容易爬上车的婆婆半道上被颠簸的汽车甩下车，当场断了气。

孩子还没出生,婆婆已不幸离开了人世,突如其来的打击让玛丽亚不知所措,眼泪相伴孕期,女儿热孜万古丽出生时,弱得像只不足月的小猫咪。玛丽亚产后瘦得皮包骨,一滴奶水也没有。

热孜万古丽出生时,卡丽曼还不满三个月。阿尼帕让妹妹把女儿抱给她,"卡丽曼少吃一口,也养大热孜万古丽呢。你放心,我的卡丽曼能养活,你的热孜万古丽就能养活。"

奶一阵儿卡丽曼,热孜万古丽就一拱一拱地叼住了阿尼帕妈妈的奶头。"噢哟!我的黄毛丫头,你是我的黄毛丫头,知道吗?你妈妈生你,我的奶子养你。"阿尼帕点着黄毛丫头的额头说,"除过你妈,谁也别想从我手里把你拿走。"

阿尼帕妈妈说这些话时我还听不懂,我太小了。我从小在阿尼帕妈妈怀里长大的。我的脐带是阿尼帕妈妈剪的,我穿的第一件小衣服是阿尼帕妈妈手工缝制的。我心里,阿尼帕就是我妈妈,亲生母亲玛丽亚好像从来也不是我妈妈。

"我的阿尼帕妈妈呀,别说是对一个娃娃,"热孜万古丽情深意长地说,"就是对一个牛娃子,也顾惜得很。妈妈挤牛奶,总要给牛娃子留一些。我妈说,我有娃娃,牛也有娃娃,不给牛娃子留上些,牛妈妈伤心呢。"

"早先体会不到,等自己有了娃娃,才知道哪一个妈妈都不容易。"热孜万古丽已经是两个孩子的母亲。

"我这一个丫头就行了,再不要了。"热黑曼很坦诚,"我做不到我妈那样。"

入秋,热黑曼的女儿就要上学了。老公阿不力米提一次次央告热黑曼:"我的小热黑,我们好好再生一个,我给胡大起誓呢,不管是儿子还是丫头,再生一个我保证结扎呢。"

阿不力米提说破天,热黑曼也不松口:"我不是不想再要一个,现在不是我妈她们那个时候了,我们要对孩子负责,孩子要健康,要教育,我们有力量再多养一个娃娃吗?"

"哎呀呀我的热黑,你的计划生育做到家里来了。你说的有道理,不要就不要吧,我再不说了。"阿不力米提并没有结扎,朋友告诉他,男人一结扎,干那个活儿就不行了。阿不力米提一听这个,坚决不结扎了,一个男人那个活儿干不成了,活着还有啥意思?自己还这么年轻,正是好时候……

热黑曼给阿尼帕说,妈,阿不力米提也想通了,我们不生了。开始,热黑曼还挺担心,自己坚持只要一个孩子,妈妈会不会认为自己是嫌她过去生养太多。结果呢,阿尼帕高兴地说,行行行,现在这样好,大人不受罪,娃娃也不受罪。娃娃好好地教育,对国家有用。

太阳出,万物生。

像所有的家庭一样,从阿尼帕妈妈的大家庭走出一个一个小家庭,今年添丁明年加口,每一个小家庭都在自己的轨道上或快或慢地行进着。阿尼帕妈妈蒜柱一样系结着浓浓亲情,春节、古尔邦节、中秋节……还有这个大家庭那些特殊的日子,一个个小家庭又如小溪归流一样汇聚到阿尼帕妈妈身边。一碗奶茶的甘甜,一双棉窝子的温暖……冬夜炉火,夏日月光……母亲日复一日年复一年辛勤操劳的回忆,不知不觉中又一次传递着人世间最浓的正能量——母爱。

  春天不是季节,
  而是内心。

  阿尼帕妈妈家的孩子,就像太阳下盛开的花朵,没有一朵是一样的。卡丽曼热情,切布直率,阿不都热西提腼腆,哈比扎泼辣,热黑曼爽朗,索菲亚温柔……无论外露还是内向,有一点却惊人地一样:亦如太阳下草滩的花朵,永远是灿烂的笑脸。
  ——乐观向上。
  孩子们回忆起童年生活,留下最多的是幸福和快乐。哈比扎说,阿尼帕妈妈家虽然穷,但是很温暖,家里的笑声歌声啥时候也比别人家多。
  老四切布说起以往的日子,感触最深的是阿尼帕妈妈的微笑:"你啥时候见老娘都是笑的,掉眼泪别人看不见,留给别人的都是笑脸。从不给人添一点儿麻烦。我媳妇说她妈:'你要像我阿尼帕妈妈一样多好，她太阳一样的人，给我们的全是光明和温暖！'我阿尼帕妈妈的小院，就像冬天的火炉，我们再忙也要抽时间回家取个暖。"

一个心中装满了阳光的母亲，再苦的日子她也能嚼出甘甜。

《古兰经》对"阿尼帕"的解释是"家族的智者"。

最让人称奇的是，一个不识字的母亲，却竭其所有、勉力而为供养六个弟妹、十九个孩子读书上学。有几年，这个家的学生有一个班，每天一早，排着队去学校，放学后排着队回家。国家三年自然灾害的饥荒年月，阿尼帕的四妹吾拉孜汗在伊宁市读中专。家里的日子已经很困难了，阿尼帕还要一再节省，把省出的一点儿口粮换成粮票寄给妹妹，支持她完成学业。

阿尼帕和丈夫阿比包认准了：有文化的人才会有出息。读书是这个家的大事情。

一盏盏羊油碗做灯座、棉条儿做灯捻的小油灯，照亮了多少人生，启迪了多少心智，吹动了多少理想的风帆。

小牛引渡

牧人、马和猎鹰主宰青格里的冬天

从祖农家出门,雪地上牛羊的蹄印多,人的脚印少。踩着厚厚的雪穿过几栋排房就拐上了阿热勒的主干道幸福路。

雪在天地间铺开了画布,山野水墨,烟树点染,掠过蓝天的寒鸦亮眼长轴。

幸福路是阿热勒乡唯一一条街道,也是阿热勒乡通往外界的必经之途。街面上坐落着乡政府,乡政府过去是邮政所,路尽头高高飘扬红旗的是学校。冰雪覆盖的路面已难见原有的模样了。雪还给路两边的房舍戴上了厚厚的帽子,房檐垂挂的冰溜子成了帽檐,这是高原阳光的杰作。望了一圈,最排场的房子还是乡政府。

去祖农家经过的临街铺面,有家菜店。透过寒夜生成的窗花,窗台上朦胧可见的花,开得好热闹。

门开处,一股热浪扑面而来,水汽蘑菇云样冲撞着往门里涌的寒风,窗台上是惯见的月月红,细瞧,竟有一盆寒冬里少见的倒挂金钟。窗下条案上堆满蔬菜,除去白菜、青萝卜、土豆老三样,也有芹菜、西红柿、黄瓜等时鲜菜蔬。货架上是日常离不开的烟酒糖盐酱醋茶,有两样是北京王府井也未必有的:砖茶、方块白糖,毡房少不了的东西。最多的还是酒,摆出了一堵墙,牌子多而杂。冬日长夜,除过怀里搂的女人,草原最亲的就数酒了!

当间儿火炉围有一群乡民,聊得正欢。面相上看,三两个哈萨克族、维吾尔族,汉族多些。

一年长者对我笑笑,算是招呼。长者转向祖农:"娃娃又长高了,眨眼不见马驹子长成儿马子了!"一年轻汉子拖过一条长凳,示意我们坐。正值冬宰,青格里的汉族人也随了哈萨克族人的习俗,冬宰日哈萨克族维吾尔族杀牛宰羊,汉族杀牛宰羊也杀猪。今天你家,明天我家,一起动手,一家一家挨着来。这天轮着赵生忠家,先到的等着晚来的。

"到祖农家?"一四川口音人问我,"这家是好人,你是知道了的,祖农奶奶行善积德的事儿这里的人也都知道,祖农爸爸也是个好人呀!"

拖过条凳的年轻汉子接过话:"到现在我爹还时常说起他,这都多少年了……"一口山东话。

乡音不改。四川的,河南的,山东的,赵生忠是青海人。火炉一圈就汇聚了五湖四海。

山南海北的咋就到了山旮旯里的阿热勒？跨一步就到蒙古国了。

"不是逃荒就是逃难。这还用问？不光是到阿热勒，五六十年代走了西口来新疆的都是这样。"已过耳顺之年的赵生忠声如洪钟，"我刚记事，饿得路都走不了，讨活命，一家人从青海循化走到新疆。他家是逃难的，"赵生忠指着年轻汉子，"小高，说说你爹咋来的。"

"我老家是青岛旁边的即墨，我家成分高，爷爷被镇压的，老爹老娘就往外走，起先到了东北，我们山东老辈子不都是闯关东嘛。到了东北，东北的亲戚说，东北斗地主斗得更厉害，新疆地儿大人少，往新疆跑吧。老爹一副挑子挑着我哥我姐，一家人走了西口，一直走到了青河，走到最边上了，再走就是人家蒙古国了，最后落在了阿热勒。我和我二哥是在阿热勒生的。"

身高一米八的后生叫高鹏鸿，他告诉我，扎根阿热勒的汉族人都祖孙三代了，他也过了不惑之年。他说："青河好啊！这里的人可厚道！我老爹对祖农的爸爸比对我还亲，你去我家找我爹聊聊。我哥我姐前些年回即墨了。我爹恋这儿，不回。我姐和大嫂前几天来了……"

"鹏鸿他爹八十多的人了，"长者说，"身体好得很！鹏鸿他爹的故事多。"

鹏鸿指路："幸福路走到头，左拐，一直走，走到底，再没路走了就到我家了。"

临别相约，夜黑到老赵家吃杀猪菜。一行人点燃赵生忠递过的新疆名牌"蓝雪莲"，招呼一声"走哇！"，拥向赵家。

冬宰节，胡大说了算。下雪了，上冻了，就该冬宰了，草原千百年的约定俗成。

> 你黑色的毛发啊白色乳汁
> 养育芸芸众生
> 白色乳汁让他们幸福健康
> 黑色毛发让他们制成毡房
> 遮挡风雨

从古走到今，青格里的人是羊的神；从古走到今，青格里的羊是人的神。人和羊难舍难分。人宰牛杀羊，会说："你生不为罪过，我生不为挨饿，原谅我们。"这时，羊默默闭合双眼，慈悲为怀。

小时候，不明白母亲杀鸡时为什么念叨：小鸡小鸡你莫怪，你是阳间的一道菜。草原让我明白了。

草原上，冬宰永远不会当着牛犊羊羔的面。人知道，它们都是通人性的灵物。因为通人性，哈力家的母骆驼一次次冒着风雪找回家，乌库巴拉婶婶才知道她的孩子有多么想念她。

哈萨克族人冬天转场冬窝子，夏天转场夏牧场，一生操劳。为着生活，为着羊群，为着心爱的女人一年年奔走四季。好不容易熬到一年里的冬闲，家家户户都要借冬宰热闹热闹，分享快乐，十里八乡的人，老远见到就会扯着嗓子招呼，酒瓶子转过一圈，友情也添了几分。

阿热勒冬宰，哈萨克族、维吾尔族杀牛宰羊，汉族杀牛宰羊也杀猪，各有各的口福。

路过红旗飘扬的学校，偶遇祖农发蒙的汉语教师。山远人亲，年轻的女教师笑意盈然。听说我是祖农家的客人，女教师热情地说起了祖农和他的家人。

"祖农的奶奶你一定知道的吧？可能就是为奶奶来青河。祖农这孩子很聪明，只要课堂上听讲，功课一点儿问题没有。理解能力强，调皮起来点子也多，是智商、情商都很高的学生。他有个妹妹，也是品学兼优，在苏州内高班读高二了。孩子的表现是家庭教养的体现……一直到现在，他爸爸也让人怀念呢……"

从学校左拐，就是冰雪世界了。入冬后，青格里连着下了两场雪，后一场不停歇下了三天三夜，雪野一直铺连到了天边边，天边的山衬得钢蓝。再往前，只能凭借大约二百米一个的水泥桩子界定雪层下的幸福路。好在牛羊已经在雪中踩出了一条条小道。牛羊是阿热勒当然的主人，阿热勒只要是能行走的大路小道，牛不躲人，羊不让人，谁也不碍谁。

与鹏鸿他们分手后，一开始，有一群牛与我同行。学校左拐后，牛群渐渐散去，身边只有一头小牛紧随。开始，我并没注意到它，第一个十字路口，一群牛里只有它回过头来，就在它回眸的一瞬间，那双清澈的眸子洋溢着十足的善意，是否示意它雪中探路，引我前行？深情的回望让我感觉无边雪野不再那么寒冷。

它很漂亮，身材匀称，通体金黄，黑黑的大眼睛稚气未脱，长长的睫毛又多了几分温情和善良。盯着你看的时候，阿热勒所有的风景全在它的眼神里了。它鼻头正中有一片白色的云花，云花正中一点金黄，让人联想到印度美女眉心的朱砂，它却美得天成自然。

"情感如同艺术家的彩笔和颜料一样，是沟通和共享我们同外界有意义事物的途径。"

雪层愈见厚了，生命印迹少了，踩下去一只脚才能拔出另一只脚，小牛引路雪中行，带回童年时光——

阿热勒冬天的童话。

终于望见雪野里山根下一处烟树迷蒙，那可是高老前辈的家？又几声牛"哞——"，山野愈加寂静，静得我和小牛能听见彼此的心音。

终于走到再没路可走了。

皑皑雪野，篱笆墙围出的院落那么凋零。院门旁一棵古榆，多少给人些心里的牢靠。几声犬吠，一只小黑狗冲到了柴扉虚掩的院门，冲我又汪汪两声，再不叫了，跑前跑后招呼着我。山里的牧羊犬不咬人，叫两声是给主人家报信"来客啦"！

这时，一路引渡的小牛折回原路，离我而去。真是神了！

难忘回头一望……

棉门帘掀开，水汽蒸腾中一位衣着利落的大嫂迎向我。山里人家，即便是从未谋面的来客，那也是先进家门才发话的。

大嫂叫高永花，是高老先生的长女，还有一位与永花大嫂年龄相仿的大嫂是高老先生的大儿媳栾桂香。姑嫂结伴从即墨到阿热勒没几天,大冬天的,远行边地是为了照料病中的母亲。母亲病情好转,就接双亲回山东老家颐养天年。

永花大嫂正包饺子:"有羊肉胡萝卜馅的,羊肉皮芽子馅的,猪肉白菜馅的。老娘爱吃饺子,山东人嘛。"

紧挨着火墙的炕上,母亲依靠着被褥。老人家高寿八十六了。不时咳嗽一阵,"感冒,肺炎,治得好些了。"老人家说。

刚洗的被单、衣服晾了一屋子。灯影里,栾大嫂还在洗着一大木盆衣服,木盆里的搓板现时很少见了。

高老先生一早去了县城还没回来,女儿媳妇担心。母亲王秀玉一点儿不着急:"下过力吃过苦的人,腿脚比你们硬朗,没病的日子,我还踢蹦儿往城里跑呢!忙你们的。"

老娘比老爹大四岁,山东人兴娶大媳妇嘛,娶回家好干活儿。家里只有二十一亩地,种一年庄稼糊不住嘴,干粮饼子屋里人捞不着吃,要给干活下力的劳力吃,给扛长活的吃。就这,"土改"时期还给划了个高成分——地主!爷爷高霖给农会打死了,他当过保长。人死了不到一月,干过地下党的来了,说,高霖不能杀,他明里干保长,暗地里给咱共产党干事。这些事农民咋知道呢?农会只管领着农民打土豪分田地,不听咱爷的说法呀!

人死不能复生。死了的冤,活着的更冤,咱爹在青岛棉织十六厂干了十二年，说下放一句话就赶回农村了。吃不饱啊，地瓜秧子都吃不上，老爹老娘一副扁担，挑着我和大弟弟离家逃难。

1999年，高永花一家和大弟弟一家从阿热勒回到山东老家即墨。

一晃又是十四五年哪！老家变化大，即墨和青岛连一片了！总说接老爹老娘回老家，老爹老娘总说不急。拖到老娘病了，不能不回来了。路上比老爹老娘挑着我逃难时好得不敢想，大冬天的，火车倒汽车，几天几夜，也是受罪。跟青岛那更是一天一地没法比。

姑嫂俩却实在是没想到，老爹不回去，老娘也不回去，咋说都是一句话："这辈子埋'红旗'了。"

你进门前，老娘正跟我们念叨着呢，"春打六九头，你们该回去操持家里的营生了，我和你爹也得谋划谋划地里种的圈里养的了。"

只听小黑狗汪汪两声，高永花说，咱爹回来了。

卷着一身寒气进门的老人家腰挺背直，乡音不改。见有生人，迎向我握住我的手说："来客啦，坐坐坐！"又紧着到床头问候老伴，买的药摆放在紧挨着炕的小方桌上，交待高永花，大夫说了，按药盒上的说明给你娘吃药。这才又热情地招呼我："吃饺子，吃饺子……"

真难相信，眼前的老人家已八十有二，从阿热勒到县城来回四五十里地,落了三天三夜大雪刚放晴……当年挑着儿女走西口的高仕善老人,在大漠孤烟雪野长天的青格里生活几十年,胆气更壮了些。

炭火炉上的茶壶噗噗响,屋里弥漫开浓郁的奶香味。老人家自己动手烧奶茶,"她们烧不好。"喝茶是草原从古到今的礼数,也是沟通交流的一种方式,走进哪家毡房能少了香喷喷的奶茶呢!接过主人递上的茶碗,浓香的奶茶入口,即便是初次见面,不自然的陌生感也在茶香的热气里慢慢消解,渐渐在喝得悠长享受滋润的过程中话稠情浓,溪流成河。

三年自然灾害,养不起人了,城里先赶走的,是成分高的。又加上爹是共产党打了头,我是最早离开青岛国棉十六厂的老工人。十二年的汗是白流了,一分钱退职费也没给,回了即墨龙泉镇北杨头村。到北杨头村是1962年深秋,树上叶子全落了,溜溜的小北风割人脸。

北杨头日子苦,吃不饱,眼看一家人要饿死,成分高,庄里人总挑你的茬,不整死你也饿死你。日子难熬,只有走。高家人都外出逃命,不闯关东就走西口。解放前,闯关东的多。打日本那些年,拉队伍,"此处不留爷,自有留爷处,处处不留爷,爷去投八路"。解放后,走西口的多。新疆地广人稀,少数民族多,阶级斗争、整人,不像山东老解放区那么厉害。顺口溜也改了,"此处不留爷,自有留爷处,处处不留爷,爷去乌鲁木",我们这一支走了新疆。又一路往北,到了青河。鹏他娘说:"这里到天边了。"走到了天边,地尽头,再走,就是人家蒙古的地界了。别说从前是咱的外蒙古,从前是咱的不假,可如今是人家的了。你偷着过去挖点儿大芸,人家骑着马赶你。望望那边,看看这边,河是一条河,山是一架山,心里不好受……

比起这里的冬天,北杨头的风啊雪啊就不算啥了。到了青格里,我一家先是落脚"东风"(公社)。那些年,新疆留人,搞公社,种庄稼。"东风"种春麦,种蚕豆,种洋芋。世世代代转场放牧的哈萨克族人种一年庄稼不够口粮。口里来的汉族人来一个收一个,成立农业队,种口粮。

东风公社,青格里查干郭勒乡。"查干",蒙语"白色"的意思;"郭勒",蒙语"湖"的意思。查干郭勒因一汪清澈见底的湖水得名。"文革"中,查干郭勒乡改名"东风"公社。因查干郭勒乡地处中蒙边境的山旮旯儿,常为避祸逃难的盲流隐忍苟活首选之地。历史上,阿尔泰草原不种粮。中苏冷战前,毡房打馕的麦子,额尔齐斯河上的小火轮从苏联运来。入汛期,河面上的船队是额尔齐斯河面的一道风景。小火轮的笛鸣听上去比山雀子的叫声还要亲切。小火轮运来粮食、洋火洋布,运走黄金、宝石、羊皮羊肉。热闹得很。说不上从冷战的哪一年哪一天起,额尔齐斯河面上不见了小火轮的影子。草原打馕的面粉发涩、发黏,那是人家怕你当种子用,抽去了麦粒中的精华——生长芽。

青格里水丰土沃,雪山上下来的水流一路冲刷卷裹,富含养料的河水滋养的土地能流油!只是冬日里天寒雪大。高永花说她冻怕了。地冻裂了,河里的水冻炸了,屋里灶台上的白菜冻成了冰疙瘩。1963年冬天,天怕是漏了,鹅毛大雪一下就是几天几夜,一米多深的雪一场接一场地下。雪一停老爹老娘就下地,拉雪爬犁往麦地里送粪,一天星星出去,一天星星回家,小孩见不着老爹老娘的面。二弟鹏程就是这一年最冷的腊月里生的。天再冷也不敢多烧火,没煤,烧红柳、庄稼棵子、牛粪饼。夜黑,鹏程不住歇地哭,喂他吃了还是哭。老爹老娘回来一看,鹏程的蛋蛋冻肿了,肿得比爹的拳头还大,一摸,一层皮掉了。老娘放声哭,哭得星星都要掉下来了。

这一次,高仕善下决心离开东风公社。

还是个山高路险行路难啊!为个这,我丢了个闺女残了个儿啊!鹏程前边还有个闺女,小闺女病了,眼瞅着一天天不行了,大雪封路,没车到不了县城的医院。"东风"是离县城最远的一个乡,东边、北边已经接着蒙古国了。逃难啊,走得越远,心里越落实,流落到天边边了。

去公社求告书记。近年关了,去县城的车有,求书记给师傅说句话,坐敞篷车厢里就好。书记是汉族,管人管地也管车，书记是"东风"的红太阳。书记看你一眼的工夫都没有，那可真是叫天天不应，呼地地不灵啊！

　　大年三十小闺女死了。年三十，再穷的人家也吃顿团圆饭，俺家灶口凉得透心。闺女没埋，大小子又病了，症状和闺女一样。天可怜见啊，机耕队队长杨保华开链轨拖拉机往县城赶。雪太大，拖拉机拱到"卫东"公社再也拱不动了。"卫东"离县城还有二十多里地。"卫东"卫生院的哈萨克族医生诊断儿子得了结核性脑膜炎，这病烈，传染性强，儿子就是小闺女传染的，"卫东"卫生院没有对症的药。天天一早我就去路口截车，十多天后终于截住了一辆拉煤的车，到了县城，住进兵团独立营医院。哈萨克族医生诊断得准。独立营医院住了三个多月，儿子的病是好了，但落下了后遗症，一条腿短了点，走路跛。医生说来晚了……

高仕善老人至今不忘"卫东"卫生院的哈萨克族医生，不忘机耕队队长杨保华，念叨独立营医院医生的菩萨心肠。

　　高仕善把雪塞在儿子鹏程大腿根儿，暖醒了鹏程冻僵的命根时，他决心离开山高路远的"东风"。

　　八年啦！打小鬼子那么长的时间啦！多美的地啊！你只要下足了力，它就懂你，给你想要的盛夏，麦子黄了坡，紧接着就红了高粱，最好喝烧锅里泌出的二道高粱烧啊！牛犊羊羔往你怀里拱啊，让你感觉着人老几辈子的亲，真是块活人的乡土啊！生土成了熟地，日日地亲近了……又不得不走了，背井离乡……哪里是俺的家啊！

"东风""卫东"，高仕善老人这些汉语称谓的乡村名，是"文革"遗风，是一个特殊年月在时间深处的残留。青格里这样的边陲远地，偏远得如同羊屁股下面的皱褶，却也没被时代的狂热丢下，阿热勒乡变成红旗公社，查干郭勒乡叫了东风公社，阿热勒托别乡改为卫东公社……闹哄了几年，红旗公社又改回阿热勒乡，东风公社还是查干郭勒乡，卫东公社还原阿热勒托别乡。

地名挟裹着历史和故事，地名变换往往可以追溯出历史某一时段的风云变幻。透过青格里地名的翻来覆去，也多少可以看出些上世纪80年代前中国社会政治运动的折腾劲儿。

如今，"东风""卫东"还残留在高仕善老人口头，残留在从那个年月走过来的牧民口头，或是村落间颓败的土墙上。

还是托一起流落到了青格里的山东同乡，高仕善一家从查干郭勒乡迁移到阿热勒乡，落户塔斯托别村。老人家最终落户的村，是一个半牧半农的生产队。哈萨克族以牧为主，夏牧场、冬窝子游牧四季。跟在耕牛耕马屁股后头春种秋收的大多是高仁善老人一样避祸逃难流落于此的汉族、回族。五十年了，扎了根，异乡成了故乡，出生在查干郭勒的鹏程、出生在阿热勒的鹏鸿都分家独立门户了。高仕善老两口还有八亩农田，一片草场，养了四头荷兰引进的黑白花奶牛，亦农亦牧。

当年挑着一副柳条筐奔波在逃命路上的高仁善老人哪里敢想还有垦荒开渠小康居家的光景！

孩子们哪里知道，我和老婆子的乡土早在这儿了！活着是阿热勒的人，死了是阿热勒的鬼，不回去了……

这里的人厚道啊！几十年啦，没见为水啊草啊吵的闹的，连个脸也没红过。

到阿热勒第二年，"文革"开始了。一家人真怕，怕逃出虎口又进狼窝，没承想敲过锣鼓喊过口号啥事没有，想的还是该打草了赶紧打草，不打草冬天羊吃啥？该往冬窝子去一天都不得耽搁。你再喊要办革命婚礼，草原上的婚礼还是老规矩，唱婚嫁歌，跳黑走马，宰羊喝酒，该咋样还是咋样。

我一家亡命新疆，穷途末路，青格里收留了我一家人。高家这一支在这里讨一口生活，没有绝户。我们是来历不明的盲流，老乡没有怀疑过我们，没有歧视过我们。小丫头生病，哈萨克族邻居婶子还奶孩子，解开棉袄暖小丫头，小丫头怕冷。还好没传染给好心人。

祖农的爸爸阿本（阿不都热索里，青格里的汉族朋友、乡亲口头习惯称呼其"阿本""阿奔"），再没见过那么好的人！家风好啊！祖农的奶奶阿尼帕是全国道德模范！一家人都是帮人帮到底的大善人啊！雪下得大些，翻过年草长得好。雪大，羊出不了圈，眼瞅着草垛子一天天矮下去，人也犯急。大雪封山，哪次不是阿本骑马带人雪地里趟出一条路？你正犯急呢，他站你跟前了。这里的哈萨克族人说，好马要看它的眼睛，英雄要看他的脚印。先看他做的事，再和他交朋友。麦子灌浆，入秋打草，阿本都家里来，操心水流到你地里没有。他家的麦地都是最后灌。打草季节，带几个年轻后生一早来了，天落黑，草捆子垛得方方正正。菩萨心肠哪！

老天不长眼哪！阿本三十三岁就走了，阿本是武装部部长，为着给牧民搭暖圈……这孩子死得让人心痛，送他的葬礼上，人的眼泪全是心里流出来的，谁也舍不得这么一个好人就这样离开了。谁也舍不下这么好的塔穆尔……

一个人，能被人长久地缅怀，这个生命一定有着纯粹的底色。高仁善老人对青格里的一往情深，来自岁月锻铸的心智和对交了心的塔穆尔的感激。塔穆尔，哈萨克族语"朋友"的意思。哈萨克族，一个尊崇人间友情的民族，他们把塔穆尔——朋友，看成大树的根脉：哈萨克族语里"朋友""根""血脉"，都叫"塔穆尔"。

于以土地为生的农耕文明，迁徙是一种无奈。纵观中国历史，因战乱饥荒，乞食逃命者，大致去往三个方向：下南洋，闯关东，走西口。不同历史时期，不同地域，呈现不同流向，东南沿海诸省下南洋者为众，闯关东者山东最多，四川、河南、陕西、甘肃走西口的多。

二十世纪五十年代末六十年代初百万盲流走西口，不是三年自然灾害乞食逃荒，就是因阶级出身政治劫难被命运打入另册的逃难求生。

滴血的历史佐证，移民群落是最有生命力最具创造力的人群，他们每个人都有一部或悲壮或凄美的故事。新疆大地敞开胸襟，收容了渴望温饱、自由的生命，血汗把生土捂成了熟地，异乡也成了故乡。这是一个春天草长冬天雪落四季轮回的漫长过程，它厚重得只有岁月能承载得起。草长雪融的过程中，这片大地就有了自己的性格。

躲避政治劫难走西口的高仕善老人，是最早落户青格里的山东人家。千里远行，一路艰辛，挑着一双儿女，还带着老家锄地的镢头。

初到东风公社、红旗公社，真也是"天苍苍，野茫茫，风吹草低见牛羊"，也渐渐发现，这一切都还是表象。这里地远人亲，这里水土养人，上笼蒸的开花洋芋也比即墨老家的甜、沙。好水好田，只是怕早来的风雪。庄稼人的一生，就是一年年地和日月争时光呢！春天叫抢种，秋天又叫了抢收，青格里山高日短，再好的年景，秋天抢得慢了，赶不上风雪的步子，成片的麦子倒伏在地，瓷瓷实实的麦穗子埋在雪里，看着一年的辛苦让人掉泪……老天爷啊，啥时间听过咱牧人、庄稼人的话呀！

走了西口的庄稼人不怕这，他们有个法宝：勤俭。

春天的溪流滋养熬过严冬的草滩，哈萨克族人的微笑抚平受过创伤的心灵，捂熟了的土地拴住了扯不断的根脉，一个甲子的春绿秋黄，山东即墨高氏家族这一支在青格里的阿热勒扎根绵延开来。

高仕善老人的女儿、儿媳，不懂她们的老父亲了：冬雪厚厚的大地已经沉淀在老人灵魂深处，而灵魂这个东西是中国文化里最为深邃难解的渊源。

还是要听听老人家的说道：

到了这个年龄，说走就走？哪一处不扯着心呢？
甭说啥地老天荒的，毡房上的烟气暖人啊！

顶着一幕星斗离开了高仕善老人家，小黑狗陪着主人送我到院门外。"你看看，阿热勒的雪多厚实！你夏天里来啊，来了，我带你进山……"老人家说。

回眸雪光星光辉映的天地：茫茫雪野，绝世挺拔——这棵历尽沧桑的老树啊……

顶着一幕星斗进了赵生忠家院门。乡里人家，邻居和邻居离得不算远，雪把一家一家隔得开了，堆高的雪墙挡住了这家到那家的路，日久走出的便道也被雪埋得了无踪影。邻居们串趟门，得先从家里往大路上去，再从大路拐到邻家。

杀猪菜已吃到尾声，一张张笑脸醉意朦胧，"来来来……"，"喝喝喝……","罚罚罚……"

炕前支起了条桌,桌下摆上了平日里稀罕的炭火盆。桌上酸菜猪血旺子、油汪汪的肥肠、海带、腰花、肝尖……清水煮白肉是不可少的。白肉看上去全是膘,只在最上边覆有薄薄一层肉红。

"咋样?"赵生忠递我一碗酒,"鹏鸿他爹家去了?"

"你想想,"年长者又递过酒来,"人世间哪天没有悲喜剧?雨一阵儿,雪一阵儿,过了就过了,过了还是个晴天大太阳。你看看,草原的天有多么大,它什么装不下……这儿,活得舒坦……"

鹏鸿端着酒碗对我说:"夏天再来,草原上跑一跑,毡房转一转,奶茶有呢,肉有呢,丫头有呢,哈哈哈哈……跑上一圈你就知道,天底下没有比哈萨克族好的人。你要是取得了他们的信任,他待你胜过同胞兄弟。"

鹏鸿问我:"我爹说到阿本又掉泪了吧?这里的哈萨克族人说,骏马死了留下鞍子,好人死了留下名声。阿本是把名声留下了……阿本也是苦出身,他家是从蒙古国回来的盲流……"

话题扯到祖农的父亲阿本,奶奶阿尼帕,祖孙三代近三百人的大家庭……我们青格里,从来不分我哈萨克族,你蒙古族,我汉族,你维吾尔族。我们只认冬天冷呢,夏天雨水多呢,秋天转场呢,下雪冬宰呢……我们只认塔穆尔……喝酒喝酒……他们古铜色的脸膛,青格里的阳光给的。他们拍一下胸腔子,青格里撞击山岩豪气冲天!他们张扬生命力的眸子,青格里千年造化。走进他们,你就没法不情动深处。走进他们,你就尽情享受别处难寻的坦荡和欢乐。

冬宰日，房门开处不问亲疏，进门上桌。本地大瓶高粱烧"金山大曲"敞开喝，哪一家不从后半晌儿吃到月上树梢？直喝得一个个脸红脖子粗走一步晃三晃才嚷嚷着"明天，你家……"，散在寒夜里。

再冷的天，男人的酒瓶，女人的怀抱，也能点燃雪层下的日子。

走西线去青格里这一年，阿尔泰草原遭受多年未遇的雪灾，提前降临的风雪，铺天盖地倾泻了三天三夜，牧区积雪厚达一米，正转场的牧民措手不及，口粮、饲草、燃料已经储备在山后的冬窝子，羊子该卖的还没卖，冬宰也还刚刚开始，骤然间人畜陷入困境……

生存不是童话。

雪落成灾，草原却听不见一句诅咒。是啊，滋养大地、哺育万物的雪，草原的神呢！祖农告诉我，奶奶说，青河的日子从下第一场雪开始呢。到青格里这天，雪后放晴。天冷得伸不出手。雪野里，推土机红色黄色的亮丽身影穿梭在一顶顶毡房间。带去的口粮、饲草，抚慰着惊慌失措的草原。

夜空浩渺。雪光晶莹。在这冰冻的寒夜，却又分明感受着雪层下深沉的呼吸。

月光下的大地辽阔无比，它是牛羊和牧人的摇篮，也是他们的墓园。生生死死黄黄绿绿在这里轮回更替。

仰望长天。阿本（阿不都热索里·阿比包）已不再是记忆或是想象中的某个人,而是阿热勒夜空某一点星光,是古老草原的又一曲弹唱。

突然想到祖农说的奶奶告诉他的还魂草,《本草纲目》称之为长生草、《滇南本草》叫回阳草的蕨类植物卷柏。想到《永生羊》的那只萨尔巴斯,那峰为了寻找它的驼羔而倒毙雪夜的母驼……

冬宰结束,阿热勒一年里的大戏就谢幕了。

寂静的草原又在孕育下一轮生长。

  趁着白天天还亮
  去追时光
  不要等到瘦了骨头
  老了脸庞
  有人来了
  有人去了
  时光可曾给谁留下那金马桩
  时光就像烈性的小马
  从来没有调教过一样
  ……

如果你真心爱她

电影《永生羊》剧照：再婚后的乌库巴拉得到了凯斯泰尔全部的爱。阿不都瓦依提饰演男一号凯斯泰尔

世上只有野马最快

有谁能比你更可爱

别忘了林中相约永远相爱

哦，我的黑眼睛

　　阿尼帕妈妈从阿不都热索里的眼神里，发现儿子恋爱了。恋爱对象十有八九是胡玛尔汗的漂亮丫头阿曼古丽。

　　青格里这条美丽的河流养育的草原，生长牧歌也滋养爱情。上世纪六十年代轰动一时的电影《哈森与加米拉》就是以青格里牧民阿合买提与巴格牙的爱情故事为原型的艺术创作。

　　阿曼古丽是个好姑娘。可是儿子能挑动家这副担子吗？

　　阿曼古丽也是个苦人儿。

阿曼古丽父亲的故乡在伊犁。因一起冤案，父亲入狱五年。出狱后，一无所有身心伤痛的小伙子远走青格里谋生，认识了胡玛尔汗一家。维吾尔族小伙儿娶了草原人家的女儿。

胡玛尔汗是个有意志的女子，从认识丈夫那一天起，她就鼓励丈夫上访，一定要还自己一个清白，更不能让孩子背一辈子黑锅。那年月，从青格里走一趟伊犁真不是件容易的事，多年来胡玛尔汗一直不放弃。

阿曼古丽八岁、弟弟吐尔逊五岁那年，父母带着姐弟俩从伊犁回青格里，走到乌鲁木齐，身心疲惫的父亲突然去世了。

母子三人辗转来到青格里时已身无分文。

回家路上，阿比包看到了病弱的胡玛尔汗和衣衫褴褛的阿曼古丽、吐尔逊。男孩吐尔逊的腿还有残疾。阿比包把母子三人领回家，阿尼帕招呼他们吃了饭，留宿家里。知道了孤儿寡母的身世，知道了吐尔逊的腿是放牛时从牛背上摔下来，没钱就医落下了残疾。五岁的娃娃啊！阿尼帕陪着胡玛尔汗掉眼泪。

第二天，阿比包领着胡玛尔汗去县民政局信访办申诉平反冤案，阿尼帕带吐尔逊去医院治腿。

信访办回复胡玛尔汗，案件甄别还需时日，回家等待消息。

胡玛尔汗性格倔强，她眼见阿尼帕大姐一家生活并不宽裕，娃娃又多，婉言告辞。

阿比包、阿尼帕真心挽留母子三人。胡玛尔汗去意已决。阿尼帕打了一坑馕，给他们全带上，依依不舍。

第二年，阿比包到沙尔托海收羊时，偶然遇见了胡玛尔汗。吐尔逊长高了，腿却站不起来。

见到阿比包，忙碌着的胡玛尔汗差点儿没有认出来。

一回到家，阿比包就告诉阿尼帕见到了胡玛尔汗。阿尼帕一阵心酸。胡玛尔汗母子只在自己家住了一天，阿尼帕的心里就装下了，她和阿比包商量，一定要帮孤儿寡母，给吐尔逊治治腿。

沙尔托海离县城太远，给吐尔逊治腿不方便，也上不了学，来信访办一次要两三天。不求人的阿比包找到县长，恳请把胡玛尔汗一家安置到阿热勒乡。阿热勒乡离县城不到十公里，水土资源得天独厚。阿尼帕四处托人给胡玛尔汗找了两间土坯房子，母子三人暂时有了栖身之所，又分了耕地，一家人的生活有了保障。

渐渐长大的阿曼古丽出落成草原的一朵花儿。

就在花儿开得最艳的日子里，从部队转业的阿不都热索里到了阿热勒。工作之余，热情善良干练利落的阿不都热索里常在阿曼古丽家帮忙干活儿，阿曼古丽家的重活儿他几乎全包了。

阿不都热索里的出现，像一束光，点亮了阿曼古丽的心房。苦水中泡大的花儿，从阿不都热索里的眸子里，得到了甘露般的滋养。

就在那一束光出现的瞬间，一粒叫"爱"的种子不经意地落在了他们心田。这粒种子注定要萌芽，要开枝散叶，最终结出一枚甜蜜的果实。这颗种子一旦落下，就没有力量能挡住它的生长。身世、民族、年龄、财富……所有的一切都会随着它的成长退避三舍，越躲越远。

傻傻望着姑娘啊大大眼睛
悄悄等着你能否给我消息
噢依　哈尔哈沙
多么希望听你说我也爱你
噢依　哈尔哈沙

清茶倒上冰糖放上
你的名字叫什么认识一下
噢依　哈尔哈沙
奶茶喝上酥油放上
你的名字叫什么交个朋友
噢依　哈尔哈沙

　　阿尼帕懂儿子的感情，却比儿子想得多，想得远。一家三口，两个病残，山一样的担子啊！儿子挑得动吗？以后还要有孩子……爱情美丽、浪漫，就像夏夜青格里的月亮。爱情的果实是婚姻、家庭。它可能甜蜜，也可能苦涩。爱情结出果实，月亮就亮出了它的背面——日复一日的柴米油盐锅碗瓢盆，甚或残酷的月食。爱情这时候已经转化为责任、相守、不舍。

　　这一天，阿尼帕对儿子说，你真爱阿曼古丽吗？你真爱她你就娶她。她的妈妈就是你的妈妈，她的弟弟就是你的弟弟，她的亲人就是你的亲人。她哪里走，你就哪里走……

儿子听懂了妈的话。阿尼帕最疼爱的儿子阿不都热索里·阿比包住进了岳母胡玛尔汗家。

胡玛尔汗家有了梁柱子。新婚之夜，阿不都热索里给阿曼古丽说悄悄话，他说，古丽，我妈说：

  如果你真心爱她
  她上高山你也上高山
  她下冰河你也下冰河
  她走到哪个地方
  你就跟到哪个地方
  ……

阿尼帕妈妈家娶进门的第一个媳妇是卡迪兰。

卡迪兰在青格里阿肯弹唱的夏天认识了吐尔达洪。二十五岁的吐尔达洪可不是刚到阿尼帕家时的索尔巴斯了，长成了英俊挺拔的小伙儿。

夏天是草原的天堂，蓝天飘浮的白云一会儿把躲在身后的太阳请出来，大地就沐浴在金色的光波里；一会儿又云聚雨生，牧草滚动水珠，牛羊点点。牧人从散落草浪中的毡包云集而来，歌唱爱情和生活。

卡迪兰和吐尔达洪在这个草木繁茂的夏天恋爱了。

青格里，有毡房和墓地的地方，就有爱情的花朵开放。唱吧，"在那遥远的地方……"笑眯眯的小模样……发辫上的露珠掉在了草地上。

哈萨克族女孩卡迪兰和吐尔达洪恋爱遭到卡迪兰大哥哈提兰的坚决反对。

父亲去世早，母亲年纪大了，家里的事大哥哈提兰说了算。长兄为父，就职青格里邮电局的哈提兰不会忘记，父亲离世后一家人怎样渡过一个个难关。刚刚爬到了河沿儿上，妹妹卡迪兰出落得俊俏苗条，决不能眼看着她再往穷窝里跳。

卡迪兰和哥哥僵持着。

看着卡迪兰长大的哥哥知道这个妹妹有多么善良。可是，草原的夏天太短促，阿肯也不只是弹唱爱情。越过冬天的风雪，接了春羔，剪了毛，一个生产周期结束，草原的下一个生产周期开始了。畜产品、皮毛要卖出去，砖茶方糖金山大曲……老婆的裙子娃娃的书包……这些一天天的日子离不开的小事大事全要在弹弹唱唱的几天里完成。好日子总是不长，几场秋雨落地，到了草原的头等大事——转场。蘑菇样散落山前草坡、河谷滩地的毡房一夜间不见了。牛羊浩浩荡荡，骆驼驮着拆卸的毡包骨架、花毡，还有锅碗瓢盆，走过待了一个夏天的草原，赶在大雪封山前转到背风向阳的冬窝子。骑在马背上的女主人，胸前摇床里的婴孩睡得正香。鞍前马后的牧羊犬照应着羊群……这就是草原千百年来的时序。

拖着两个弟弟住在阿尼帕家的吐尔达洪怎么可能给卡迪兰一个永远的夏天呢？卡迪兰，我善良的好妹妹啊，你对未来的憧憬真还是"在那遥远的地方"。

阿尼帕心里比吐尔达洪还着急。她和阿比包商量，这个家再穷，也要风风光光地把新娘娶进门。阿尼帕倾尽省吃俭用的一点儿积蓄，买了四米绸缎，给卡迪兰的哥哥买了当时很时髦的涤卡西装，拽上阿比包来到卡迪兰家。他们给卡迪兰的妈妈讲述了吐尔达洪三兄弟的身世，讲了加马丽哈妈妈临终时把三兄弟托付给他们的情景。阿尼帕深情地说，吐尔达洪从来也不是孤儿，他有一个很大的家，这个家人丁兴旺，好日子已经来了。吐尔达洪呢，你们也见了，人模样多牌子！人嘛，就没见过这么诚实勤劳的巴郎子！再说，卡迪兰和吐尔达洪已经好得掰不开了嘛！阿尼帕妈妈又说服哈提兰："你是一个有学问的人，我大道理不说，冬天的太阳每一只羊娃子爱呢，夏天的河水每一峰骆驼羔子喝呢，我们的吐尔达洪，一个姑娘骨头里爱了不行吗哥哥？"

起初，哈提兰还是不松口。他是一个坎一个坎闯过来的，知道生活是多么不容易，妹妹卡迪兰还太年轻，苦日子的滋味儿还不知。

心诚石头也开花呢。阿尼帕阿比包来来回回的奔波终于打动了哈提兰，忠贞爱情的妹妹也让哈提兰感动，再固执坚持就不通人性了。

卡迪兰进门这一天,阿尼帕家热闹极了!大家庭所有亲人都到了,娘家人全到了,四邻八乡的亲戚朋友到了,毕竟这是阿尼帕家娶进门的第一房儿媳妇,是全家的大喜事。

> 好妹子呀好妹子!好妹子呀,加尔加尔,
> 黑丝绒的新花帽盖住你头发,加尔加尔,
> 不要因为离开家你就发愁,加尔加尔,
> 你的情郎就成了终身伴侣,加尔加尔。
> ……

伴郎的《送嫁歌》能掀开屋顶,迎亲的队伍最后索性到了县城广场,跳起了"卡拉角勒哈"——"黑走马",舞动青春,舞动爱情,舞动一天比一天动人的生活。

阿比包、阿尼帕操办了吐尔达洪、托乎提、库尔班三兄弟的婚事。三兄弟恋爱、提亲、娶媳妇的过程如出一辙。阿尼帕阿比包再苦再累也不让三兄弟受委屈。三兄弟眼里,阿尼帕是姐姐,阿尼帕是妈妈。住在阿热勒托别村的托乎提六十六岁了,一两个礼拜他就会去青格里找阿尼帕。"我想念她,想念她的时候,就叫一声'妈妈'。"

索菲亚出嫁,是阿尼帕家最后一桩婚事。
《哭嫁歌》唱开了:

舍不下毡房里的花毡子
舍不下手上的花戒指
……
虽说那边也有亲人
我却像离了群的小马
……

  看着新娘索菲亚，阿尼帕感慨万千。孩子们长大了，男婚女嫁一个个离开家……以往的日子已经缥缥缈缈……擦干索菲亚的泪水，阿尼帕取下手指上的金戒指给索菲亚戴上："丫头，你妈没有更多的嫁妆送你，就把它戴上吧。这是我妈留给我的，戴了半辈子了，你最小，就算妈偏心你吧……"

禁不住热泪流下
女儿为啥要出嫁
到了一个新地方
我心里总有些害怕
……

  从迎进门第一个媳妇卡迪兰，到送走最后一个丫头索菲亚，二十二年又走过去了。

1996年8月20日，一个平常的日子。于阿尼帕一家，这个平常的日子刻骨铭心却又实在不想记起。

这一天，阳光普照，长天高远，连片的麦田已经有了成熟的金色。有些日子没回家的阿不都热索里突然站在了阿尼帕面前："妈！"

"噢哟哟，我们的部长回来了！"正打馕的阿尼帕赶紧把茶炊坐在炉灶上。

"妈，太忙了。"

没见儿子面，却知道儿子忙大事呢。去年冬天，青格里遭遇特大雪灾，后山积雪一两米深，交通中断，电力中断，冬窝子的羊群羊蹄子扒得血淋淋也扒不透积雪，吃不上草，饥饿的羊子正走着倒地就再起不来了。政府鼓励牧民修建暖圈，提高抵御自然灾害的能力。武装部部长阿不都热索里是塔斯托别村的包村干部，忙着帮牧民塔穆尔，转眼间大半年过去了，秋天眼看着就到了。

阿尼帕咋不知道，最甜的瓜都长在蔓尖尖上。像世界上所有的母亲那样，她理解儿子的所作所为，支持儿子完成他的使命。这个儿子身上，有母亲的善良和坚韧。那个高家的小子鹏鸿，和儿子玩得好，他告诉阿尼帕，塔斯托别村一户牧民两只弱生的羔子眼看要冻死了，阿不都热索里敞开军大衣，兜上两只羊羔，放到暖圈，又让牧工温了牛奶喂上，两只羊娃子睁开了眼睛，活了下来。阿不都热索里整天往夏牧场去，往冬窝子去，往庄稼地里去，和牧民一搭儿收草，和庄稼人一起浇水，热心，踏实。儿子孝敬岳母、顾惜家庭在阿热勒更是有口皆碑。儿子快乐，媳妇唱歌。老百姓的口碑，阿尼帕听着心里暖暖的。

喝了几碗妈烧的奶茶，揣上几个热馕，阿不都热索里匆匆回阿热勒了。临走，阿不都热索里喊上了弟弟阿不都瓦依提帮忙。回到阿热勒又拐回家，带上儿子祖农，直奔塔斯托别村。

建暖圈先要用土坯把墙砌起来。为了给牧民节省开支，阿不都热索里总是先从废弃的残垣断壁拆出些能用的土坯。就在他又抡起镐头的瞬间，残破的土墙突然倒塌。

尘埃落定，不见了阿不都热索里。阿不都瓦依提呼唤着哥哥奋力挖掘墙土。六岁的祖农手拿爸爸给他做的小铲子挖着泥土喊着爸爸。闻讯赶来的人越来越多，他们一定要救出这个好人。阿曼古丽怕铁锹伤着丈夫，双手拼命扒拉土块、石头，顺着手指滴落的血和着泪水湿了泥土。

阿不都热索里终于重见天日，眼前的惨景让阿曼古丽昏了过去。逝者手里还紧攥镐把，让乡亲们泣不成声悲恸欲绝。

只是一瞬间，一个年轻的生命结束了……

胡玛尔汗家顶天立地的梁柱子倒了……

见了儿子的遗体，阿尼帕还是不相信儿子已经永远离去的事实，她恍恍惚惚，如在梦中。她天天拿着儿子的相片看，那是儿子在部队的戎装照。看着，看着，眼泪就无声地流了下来。

青格里的水流是雪山的眼泪。阿尼帕的泪水连着心房，她的心痛碎了，泪水止不住了，她听不见别人说话，她也说不出话，她只会在心里跟自己说，她的阿不都热索里不在了？怎么可能呢！儿子就在她跟前呢，新打的馕热气还没散尽呢……儿子不过是忙着给乡邻打暖圈，忙着照料胡玛尔汗。想到哪儿，她的眼泪就跟到哪儿，夏天的青格里一样，雪山的眼泪流啊流。只有泪水知道人世的苦难有多深。

咸咸的泪水，是透明的血流。

阿尼帕无数次地假设，假设时间能像青格里冬天的冰层，凝固的瞬间把儿子留在里面，可以让她想儿子的时候就能够看看儿子，就像看冰层里的小鱼，那么真切，那么栩栩如生。

她害怕时间过去了就不能回来……

过去的时间是回不来了，眼泪却不能流尽，泪水流尽了，心就空了。

阿尼帕的房门终于打开了。

眼泪洗过的面庞像青格里的月亮，有挡不住的皎洁明亮。她面对一家人，平静地说：青格里有话呢，唱着歌来到了人世，唱着歌离开了人世。我的阿不都热索里·阿比包，天堂去了，草原去了，从今天起谁也不准哭了。

阿尼帕送儿子去阿热勒办了婚事；阿尼帕接儿子回家，送儿子最后一程。

一早，依巴达提已经打好了两坑馕，又打了一坑烤包子。家里老老少少都喜欢吃依巴达提打的馕，烤包子的味道就更不用说了。每到周日，依巴达提早早就来了。一家人吃过早饭，依巴达提收拾利落厨房，阿尼帕招呼她到自己房子，说，换身衣服，我们河边林子里走走。依巴达提说"好"，她知道婆婆要做什么。

依巴达提是阿尼帕的三儿媳。阿不力克木·阿比包和依巴达提是青格里的金童玉女，曾让多少人羡慕的一对啊！

十个指头有长有短，阿尼帕亲生的五个儿子，相貌、性格也各有不同。老二阿不都热索里心胸开阔，风趣幽默；老三阿不力克木最善解人意，温良敦厚；老四阿不都热西提腼腆羞涩，当爸爸了，一说话还脸红呢；老儿子阿不都瓦依提活泼开朗，艺术气息浓郁。相貌一个赛一个，身条个个俊朗挺拔得桦子一样。老三阿不力克木比几个哥哥和弟弟更伟岸些。

先说件家里的事儿。那年阿依古丽患麻疹，传染全家个个过麻疹关。阿依古丽生病期间，都是阿不力克木背着阿依古丽和妈妈阿尼帕到医院就医，无论白天还是夜晚。就是这场病，让少女初长成的阿依古丽对阿不力克木产生了朦胧却又那么向往的依恋。她悄悄问阿不力克木："哥哥，我长大了你会娶我吗？"哈比扎三姐妹中，阿依古丽最漂亮，而且聪明、能干。"小丫头，又瞎想了！"阿不力克木从不正面回答她的问题，"好好养病，好好学习。"在阿不力克木看来，走进这个家的孩子，都是他的兄弟姐妹，哥哥怎么可能娶妹妹呢？他把这一份爱留存心底，默默祝福这个并没有血缘关系的妹妹找个好人家。

直到遇见了依巴达提。读中学时，品学兼优的依巴达提已经是青格里最美的校花。从伊犁师范学院物理系毕业，依巴达提要求回到家乡，成了青格里中学首个出身科班的物理老师。

1998年，酥油草狗尾巴草还有野葵花把青格里的山川点染得一派明丽时，金童牵着玉女的手进了阿尼帕妈妈的家门。

阿尼帕、阿比包太喜欢这个又温柔漂亮又有大学问的儿媳妇。儿子媳妇还没起床呢，奶茶壶已经噗噗地唱歌了，漂着酥油花花的奶茶真香！笑脸比酥油花花还鲜亮的婆婆公公餐桌两边等着他们。

阿比包一早起来擦得锃亮的自行车支在小院当间。依巴达提一会儿就会骑着它去学校了。

翻过年，热热闹闹过了春节，过了古尔邦节，爱的结晶也已坐胎孕育，一切都如清晨从山后跳出的太阳蓬蓬勃勃。

晴天一声雷！看上去伟岸健康的阿不力克木突然躺倒了。他是去牧区送货途中，心脏病突发进了医院。6月，阿尼帕和已有七个月身孕的依巴达提陪阿不力克木到乌鲁木齐新疆医学院做手术。北京对口援助新疆医学院的专家手术做得很成功，婆媳二人千恩万谢救命恩人。眼前的哪一个人她们看着都像自己家的亲人。

真乃天有不测风云。手术第五天，一点儿征兆没有，阿不力克木的心脏瞬间骤停，从此再也没有醒过来。

这个打击太大！这个打击太突然！就像一桶冰水兜头落在烧红的铁块上……

三年痛失两个儿子，阿尼帕的心刀子割一样疼了，她陷入深深的自责。三年前，面对"死如秋叶之静美"的阿不都热索里，她曾问自己，如果不是她一定要儿子去胡玛尔汗家，儿子就不会到阿热勒，留在县城三十三岁的儿子就不会刹那间没命了……渐渐平静下来后，她还是不后悔自己的初衷，换成胡大也会这样做。阿不力克木，北京的专家说了，风湿引起的心脏病。听了专家的话，往事历历在目。儿子小小年纪就知道心疼妈妈，放了学，不上山放羊就下河摸鱼。青格里的水冰寒呀！青格里的风刺骨呀！儿子腿痛，她却不知道这就是可怕的内风湿！儿子一天天高了，风湿炎症也一点点从关节侵犯到心脏……阿尼帕一阵阵心痛……她眼前晃动着不言不语抿嘴笑的儿子，火是儿子劈柴烧的，水是儿子河里提来的……孩子里，把丫头也算上，阿不力克木是最听话的一个，小时候羊耳朵吃多了……我的阿不力克木，你咋忍心离开妈妈呢？……

夜里，都听见阿尼帕压抑的哭泣。谁能不知道呢，她是不想让人听见她埋在心底的悲痛。这让儿女们更加忧伤，却又不知道还能说些什么。那些个日子，阿比包天天一早就搬个小凳子走到儿子坟前一待就是一天。

阿不力克木离开那年，依巴达提刚满二十四。阿不力克木离开的夜里，天下着雪。过后她想那个雪夜，想得心痛啊我的阿不力克木，那就叫回光返照。

阿不力克木离去的前一夜，吃过晚饭，依巴达提给阿不力克木擦过身子烫过脚,摇起床头,让阿不力克木靠得舒服些。

"我还想看一看。"阿不力克木指了指衣柜。

依巴达提对着阿不力克木笑了:"看了多少遍了?"衣柜里有阿不力克木的换洗衣服,还有一个精美的纸盒。那是他们到乌鲁木齐,还没手术前去北京路上的友好商场给依巴达提买的一条裙子。

"打开呀。"阿不力克木的眼睛追踪着依巴达提。

"给你说了,我现在这样能穿吗?"在商场,售货员帮着给依巴达提比试了一番,颜色是他们都喜欢的湖水蓝。

"那也打开。"阿不力克木柔情无限的眼神让人不忍拒绝。

"哦,我的阿不力克木,"依巴达提打开精美的纸盒,抖开裙子,灯光里湖水飘拂开来,"明年草绿了穿给你看。"

"真漂亮!"阿不力克木悠悠细语。

依巴达提收好裙子,阿不力克木说他脚冷,依巴达提爬上床,把一条毛毯搭在他腿上,双脚抱在她怀里……

那真是回光返照。

依巴达提真想一直抱着阿不力克木的双脚,从寒冬到暖春,和潺潺溪流一起回归世代眷恋的土地。

两个月后,迪丽娜尔·阿不力克木降生人间。深深眼窝里水晶一样的眸子,鸭蛋脸上两个不大不小的酒窝,桦子一样修长的身条,她把妈妈爸爸身上的好东西全拿了过来,爸爸的笑意盈然她也克隆过来——一见天日小精灵就笑出了声。

迪丽娜尔是阿不力克木留给依巴达提的梦。

迪丽娜尔唤醒了悲痛中的妈妈、奶奶爷爷和亲人。奶奶说:"我的迪丽娜尔是胡大送到阿比包家的精灵!"

奶奶把依巴达提抱在自己怀里就像牧人抱住了一只弱生的索尔巴斯,要用自己的体温把她暖过来。

奶奶抱住小小的迪丽娜尔,使劲儿亲吻着她的小脸、小手、小屁股蛋儿,眼里噙满了泪花。

依巴达提这才体会到婆婆的爱有多么深沉。

阿尼帕无数次想过,人的一生,与亲人、朋友分享快乐,也分享苦难,只有一件事儿是没办法分享的:一个人,只能自己走向生命的终点。

迪丽娜尔和奶奶一个炕上睡觉,枕着奶奶的胳膊才睡得香甜。迪丽娜尔和奶奶一口锅里吃饭,在奶奶家的院子里蹦蹦跳跳成长着。

迪丽娜尔会画画儿了,她画的第一张画儿是奶奶院里的大杨树,大杨树下的鸡妈妈和它的小鸡娃,还有一排金黄色的向日葵。奶奶指着穿花衣服的鸡妈妈说,哎呀呀我的小孙女,你画的鸡妈妈比奶奶还胖啊!嗯,向日葵真漂亮!

会画画前,迪丽娜尔已经会唱奶奶每天睡觉前给她唱的歌了。

六岁半迪丽娜尔上学了。第一个六一儿童节,奶奶爷爷早早去学校等着看迪丽娜尔演节目。

看孙女演出这天晚上,阿尼帕和儿媳依巴达提在院子里的杨树下说话说到很晚。阿尼帕对媳妇说："孩子啊，你守得太久了，迪丽娜尔上学了。人家进来是两个人，出去也是两个人，燕子一样成双成对的。你呢，一个人，影子一样单飞呢，别人不知道，妈妈我知道一个女人的日子有多难。我和阿比包一天天老了，你还年轻，找个伴儿吧。我也胡大跟前说呢，给我的丫头找个好人家。"

虽说争相竞放的山花已把青格里撩逗得春情勃发，依巴达提的心境还是蒲柳寒露，暮秋孤雁。怀念阿不力克木的缕缕情思全编织在迪丽娜尔身上。女儿是她的全部寄托。

同样的话，阿尼帕也对阿曼古丽说过。有哪个母亲不希望自己的娃娃幸福、快乐？阿曼古丽铁了心，要守住这个家。她毕竟有两个女儿一个儿子，还有要侍奉的母亲，要照顾的弟弟。她的坚守和选择有她的道理。阿尼帕支持了阿曼古丽的选择。

依巴达提没有阿曼古丽那么重的家庭负担，依巴达提是有学问的教师。阿尼帕还没见过依巴达提那么漂亮的维吾尔族姑娘，最重要的是依巴达提还太年轻。

阿尼帕仰望星空："我的孩子阿不力克木，你懂妈妈的心事儿吗？你愿意你的依巴达提快乐吗？儿子呀，我胡大跟前祈祷呢，你的灵魂升上星空，你就看见我了，看见你的依巴达提、迪丽娜尔……我们也看见你呢……"

迪丽娜尔上二年级了。六一儿童节那天，阿尼帕和媳妇依巴达提又说到该往前走一步的话题。这一次，阿尼帕说到一个具体的人：韩世云。

阿尼帕劝儿媳，再漂亮的女人也熬不过一天天的日子。今天脸上多了一道皱纹，明天白了一根头发。依巴达提呀，你真不知道我的媳妇有多漂亮，我可舍不得让一天天的日子拿走你的漂亮，我的阿不力克木也舍不得。

坐在熊猫山上的月亮明晃晃的，一脸月老的喜兴。

以往，依巴达提总是以迪丽娜尔还小推托。这一次，不好再说了，迪丽娜尔上二年级了，自己也三十二岁了。不是婆婆一个人劝，不知有多少人劝过她。再没见过你婆婆那么好的老人，人家那么好的儿子没有了，还要把你女儿一样嫁出去，人家是为了啥？还不是为了你，要让你过得好。依巴达提又怎么不知道是为了她好呢？她还知道，她的阿不力克木也是为她好呢！她知道她的日子还长着呢，她却不知道还会不会爱上别人。

一年一年，生活平平静静。女儿可爱、健康，婆婆心疼她们母女。她也知道，平静的日子深处还埋着些什么。女儿一天天长大了。婆婆公公一年年老了。夜深人静，批改完学生作业，望窗外星光闪烁，时有孤独袭上心头。亲戚朋友家娶媳妇嫁女儿，热闹过后，留下孤寂。自己的日子好像还没有结束，不由自主地渴望着什么……

只要看到阿尼帕妈妈的眼睛，依巴达提的心就平静了，就有数了，比一千句忠告还有力量。这让她勇于面对命运，懂得了坚强。只要真心爱她的迪丽娜尔，接纳阿尼帕妈妈和这个大家庭的感情，就试试吧……

不是一个民族，能不能走到一起，依巴达提还是心存疑虑的。但是她相信，阿尼帕妈妈会把她的故事引向更为美好的结局。

其实，这些年来，阿尼帕和依巴达提的母亲一见面，就免不了说到这个话题。依巴达提家也是老青河。上个世纪五十年代，父母从吉木萨尔迁移青格里，起初在阿热勒乡，后定居县城城关。不大的县城，抬头不见低头见，早走成胜过远亲的近邻了，做了儿女亲家，亲得一家人样。为了女儿、外孙女幸福，为了孙女、媳妇的明天，两家妈妈能想到的都想过了，能跑到的都跑过了。吉木萨尔的远亲，可可托海的朋友，维吾尔族，哈萨克族……都有一个赛一个的好小伙儿。吉木萨尔离得远了，可可托海近些，冬雪封山，半年不通车……比过来，挑过去，两家妈妈圈定了韩世云。韩世云和依巴达提年龄相仿，人才学问般配，一个在县城中学教书，一个在县政府林业局上班，天天看见呢，好照应。

这个韩世云，两个妈妈可是知根知底，说起来，还是阿尼帕妈妈的远亲呢。阿尼帕三妹阿米娜大儿媳妇韩春莲的娘家哥哥嘛！阿米娜的大儿子，阿尼帕的外甥，韩春莲的老公艾扎孜夸大舅哥韩世云："这个韩家哥哥太实在，大好人！"

依巴达提还是犯嘀咕，我是维吾尔族，他是回族，不懂维吾尔族语，一人一个孩子，能过好吗？

"妈，我哪儿也不去，和迪丽娜尔跟你和阿比包爸爸一起过。"

我的好媳妇儿好丫头，我们家你学问最大，你见过断奶的羊娃子还跟着母羊转吗？燕子会飞了不离窝吗？都是成双成对的，没有一老一少的，傻话不说。回族又咋了？春莲丫头和艾扎孜过得不好吗？都是老青河人了，自己的娃娃一样看着长大的。小韩维吾尔族话不会说，哈萨克族话说得好。你汉语说得好，哈萨克族语也说得好嘛。两个小丫头，迪丽娜尔和韩琦，本来就在一个班上，最好的朋友。我阿尼帕早就侦察过了。

依巴达提被阿尼帕妈妈说得笑起来，笑得婆媳俩相拥一处。

这之后，一切都水到渠成地顺心顺意。

2007年9月9日，一个长长久久的日子，韩世云迎娶依巴达提进了韩家大门。阿尼帕领着一家送亲，浩浩荡荡红红火火。

嫁妆是阿尼帕带着依巴达提去乌鲁木齐购置的，阿尼帕陪着依巴达提选新嫁衣：丫头，挑件自己喜欢的，打扮得漂漂亮亮的，家里难处不是过去了，你妈包包里有钱呢！

婚后第一件事，接韩琦回家。韩琦和迪丽娜尔一样，自小在奶奶家长大。依巴达提告诉韩家婆婆，孩子最好跟着父母，有利她们的成长。

依巴达提娘家和阿尼帕妈妈家本来就走得近，现在三家人，走得一家人一样。星期天，两个孩子去阿尼帕奶奶家，人没进门声先到，阿比包爷爷阿尼帕奶奶拍着手："欢迎欢迎，两个小精灵回来了！"再到韩奶奶家，韩奶奶搂搂这个亲亲那个："两只小蝴蝶飞来了！两只小蝴蝶飞来了！"

老韩家有五个大姑姐，两个儿子，韩世云是小的。两个女儿中午饭全在姑姑家吃。姑姑们说，弟弟常往林场去，依巴达提带两个孩子太辛苦,中午再不能学校家里来回跑,能休息一阵儿就休息一阵儿。也是上班族的姑姐天天中午单位家里两头跑,照管着两个侄女的饮食茶饭。

林业局最主要的一项工作是骑马巡山。几年十几年啊,冬雪夏雨的。以往去林场巡山,韩世云就留宿林场了。结婚后,能往回赶就不住下。雪天里,依巴达提盯着窗外通往林区的大路,风雪搅得天地混混沌沌。突然地,一骑红马天上掉下来一样到了院门前。依巴达提吊着的心放下了。"快些子,快些给我暖暖。"韩世云抓住依巴达提的小手放在自己胸前:我咋找了你这么个维吾尔族老婆?我咋又找了你这么个回族老公?——俩人同时张嘴,吐出个一样的话:"缘分嘛!"其实,阿尼帕妈妈和韩家婆婆引上他俩见面不久,依巴达提心里就有数了。是一个周六,推门进院,眼前一亮:枝叶青翠、花朵娇艳的盆栽从院门沿甬道一直摆到了屋檐下。细看,山土山花。眼前韩家二小子的模样就有了⋯⋯

休息日,一家四口去阿尼帕家,韩世云动手包饺子。韩家的小儿子只有饺子做得好吃。去了韩奶奶家,韩世云就成了甩手张嘴的二大爷,韩家姑姑哪一个上手不是八碟子八碗?

草绿了又黄了,才知道好日子过得快。

又一年草绿了的日子,依巴达提收到韩世云前妻的一封信,信中提了一个要求:"韩琦生日,我想请两个孩子吃顿饭,我这一走就再也不回来了。"

韩琦生母离婚后回了宁夏老家。依巴达提知道,她和韩世云结婚前，韩琦生母从宁夏回青格里探视女儿，遭到韩家拒绝。韩家妈妈和姑姐有自己的理由：她闹离婚时口口声声不要韩琦，态度坚决得很呀！

这次，韩家还是没让她见自己的女儿。

从宁夏辗转青格里，实在不容易……哎，孩子理解一个妈妈的心思吗？

放学后，韩琦也交给依巴达提一封信：妈妈，这是那个人写给我的。

你看了吗？

她不是不要我了吗？现在我长大了又找我来了，我不看。

乖女儿，哪有妈妈不爱自己孩子的？当时你妈妈走，一定有她的理由，这是大人的事，你长大就懂了。妈妈的信一定要看，还要好好收着。

依巴达提最终说服了韩琦。

依巴达提也说服了韩家婆婆和大姑姐：羊也找自己的羊娃子呢，是阿尼帕妈妈说的。

无论风流才俊，还是芸芸众生，灵魂深处一定深深刻有他生命中第一个女人——母亲的痕迹。

从凯斯泰尔身上，感知莎拉妈妈。

从阿不都热索里、阿不都热西提、阿不都瓦依提……甚至从祖农身上，认识阿尼帕妈妈。

苦难一生，戕害不了她的慈母心怀；沧桑历尽，释放她的大仁大爱。写满故事的双手，是儿女谋生做人的座右铭；清澈如青格里的眸子，张扬儿女心灵的天空。

卡丽曼说得简单明了："一个家就跟一棵树一样，树有什么样的根，就会长出什么样的叶子；母亲善良、勤快，家里出来的娃娃也向善、能干。"

山水无疆青格里

六个民族、老少三代、一百九十六口的大家庭

母亲牵挂着儿子，儿子急着远走高飞……

孩子们一天天长大了，小马驹一样的儿子长大了，驰骋草原，带走了阿尼帕一个梦；女儿也长大了，一只只膀子硬了的小鸟离巢振翅，又带走了阿尼帕一个梦。

过去总不够睡的炕空了。房子也大得空旷了。在一个不期然的时刻，阿尼帕忽然就会想起这个儿子，念及那个丫头，回想着儿女成群的温馨，念叨渐行渐远的往事，祈祷胡大保佑她的儿女。这个时候，阿尼帕总要翻看那些已经泛黄的黑白照片，还有越来越多的彩色照片。

过去总记不清哪天是啥节庆的阿尼帕，如今一个个节庆记得清清楚楚。

最热闹还是古尔邦节。这一天，阿尼帕

妈妈家是青格里最热闹的。一早，阿比包宰羊，阿尼帕在院门口一遍遍张望，一脸的喜气慈祥。老两口早开始准备了，给羊喂精料，酒当然少不了，家里条件一天天好了，不打散酒了，金山大曲好喝。炸馓子，打芝麻馕……还要把一米二的"团圆锅"清洗干净，羊尾巴油擦得亮亮的。平常，这口锅是用不上了，一年里也就几个节庆它才能风光再现。

　　一见这口锅，阿尼帕就会有一种复杂的感情涌上心头。围着这口大锅转了多少年啊！锅里煮过野菜，煮过洋芋，煮过抓饭，也煮过眼泪……娃娃们现在叫它"团圆锅"，可也是，它派上用场时，一家人就团圆了。

　　大通铺也早早收拾得软软乎乎，炕提前一天就烧暖了。

　　阿尼帕等儿女们从乌鲁木齐、阿勒泰，从富蕴县、福海县，从青格里各乡镇回家。一大家子老老少少差不多两百口子了！

　　阿尼帕妈妈在院门口一遍遍张望着。路上的孩子们也"近家情愈切"。

　　回家。回家了！

　　无论走得多远，无论离开的时间多长，无论大路朝天还是崎岖坎坷，青格里的这个泥屋小院都是他们心灵的港湾。

　　回家——

　　　　　就算你已白发苍苍
　　　　　也一定要知道

只要妈妈健在
就不能说老

小狐大了离穴
小鸟飞了离巢
炊烟袅袅
是人生的航标
开满鲜花的春天
妈妈怀里撒娇
雪落大野的冬天
等你的茶炊香气飘飘

家,有太多的注释,每个人都有自己的答案。

彩云流散了
留在眼里的仍然是彩云
莺歌远去了
留在耳边的还是莺歌

在阿尼帕·阿力马洪妈妈近两百个成员的大家庭里,能让你感到雪山的圣洁草原的博大。这个家里,弥漫着一种古朴、高贵的大地意识。细听,这方土地的心音是那样有力,健康。

热孜万古丽用母语唱起了《母亲》,歌声穿透了青格里冬日的夜空——

> 我在很远的地方想着您
> 不管是在天涯海角
> 忘不了啊我的母亲
> 有母亲的人永远不会老
> ……

悠扬的旋律扯出了埋在每个人心头的记忆和怀念。谁也无法再遮掩情感,每个人都和着歌声晃动起来,渐渐沉入对草原,对家,对以往的岁月,对母亲深深的感念中……

思念并不遥远,它在以往的记忆中,也继续在现实里——

他们的阿尼帕妈妈就在身边,这让人多么幸福!

酒,一杯一杯喝着,催化、升温人的感情;歌,一首一首唱着,飞扬、激荡人的心灵。跟着"卡拉角勒哈"——"黑走马"的旋律,吾拉孜汗奔走在青格里绿草连波羊群如云的天地间。她双臂起伏,展开了天鹅的翅膀;她扭动腰身,以身体变幻的曲线讲述青格里四季情韵,催征黑走马飞越关山。进入艺术境界的吾拉孜汗如痴如醉,泪流满面——

她用舞姿记忆难忘岁月,感恩姐姐——妈妈——阿尼帕,感念姐父——爸爸——阿比包。

万事万物皆有来有去。

日子山羊爬坡一样，正一天天往上着，人却老了。

北京奥运会那年，阿比包、阿尼帕一起走过了半个世纪。在小青格里一片白桦林里，祖孙三代为爸爸妈妈爷爷奶奶真情相守五十年深情祝福。

谁又能想到，五十年结婚纪念没几天，阿比包心脏病犯了，住进了医院。血压降了下来，症状好转，阿比包急着回家了。他心里念着阿尼帕。其实阿尼帕刚离开病房，回家给他煮茶做饭。

医生下班后，阿比包顶着落日余晖独自回了家。走进家门，一碗奶茶没喝完，阿比包倒在了与阿尼帕相拥一生的床上。

2008年8月20日，七十九岁的阿比包静静地离开了人世……

一个人就这样离开了？阿尼帕心中翻卷起极为酸楚的情感："胡大啊，你留下他这条老命吧，阿不都瓦依提还没娶媳妇，索菲亚还没出嫁，孙子祖农还没成人……说好了一起去北京看奥运，说好了回一趟科布多……"

只有阿尼帕最清楚，她的阿比包可不是个多么强健的人，在那些兵荒马乱的年月，能活出一条命就很不容易了。她的阿比包年纪轻轻就落下了一身病，这么些年来，病魔一次次找他的麻烦。这一次，积下多年仇恨的病魔狠狠报复了她的阿比包。

就是这么一个男人，把多大的一个家背在了自己肩上啊！一背就是五十年，背得心甘情愿，背得死心塌地……

大黑驼一旦老了

就难负重啦

牧羊人一朝走啦

草原就荒啦……

割了那马鬃的是我家小马

忘了吗我和你青梅竹马

你曾是我身边最快乐的人啊

忘不了你眼中闪亮的泪花

……

所有的日子都在这个夜晚涌来了，有多少甜蜜又有多少辛酸，有多少感激又有多少怀念。五十年了，五十年前的婚礼上，吃了主婚人蘸了盐水的馕，死心塌地跟了你五十年啊我的阿比包！你没有嫌弃我，收养了我六个弟弟妹妹，养大了十九个娃娃，太不容易了我的阿比包……

老二阿不都热索里出生那年，青河大旱，粮食没有。没有户口没有粮本本，一粒粮食不给。就是这一年，没有妈妈的托乎提三兄弟来了，以后哈比扎来了，切布来了……所有的家一样呢，柴米油盐，锅碗瓢盆，磕磕碰碰，你这个老家伙脾气有呢！你没有忘记吧？我忙得忘了挤牛奶，牛娃子挣断绳子，牛妈妈的奶吃光了，你的好脾气没有了，发火呢，骂我呢，没有牛奶卖不上钱，就买不上粮食，你饿死娃娃吗！遇上这样的事情我能咋样呢？女人几滴眼泪就让自己心情稍稍轻松些。

想一想，你给自己啥也没有留下，五十年啊，你留给自己的只有一勺饭。后山的麦子地边，你说："一棵麦穗子就是一勺子饭。"后山的洋芋地麦子地养了一家人的命。看见麦苗子长成了麦子，麦子抽出了麦穗子，麦穗子弯下了腰，满坡的麦子地太阳的香味儿有了，你高兴了，娃娃们高兴了。收麦子了，一穗麦子也不让落地里，就是这个时候你说"一棵麦穗子就是一勺子饭"，你这一辈子就给自己留下了一勺饭，为着心里永远也放不下的女人……一天挨着一天的日子，唤起阿尼帕对她的老家伙阿比包的一往情深。

我的阿比包，让我再给你打一坑麦子面馕，让我再给你烤一个开紫花的洋芋，让我再给你暖暖冻肿了的脚……

阿比包爸爸的葬礼后，孩子们好像一下子全长大了。青格里的树，一年一圈年轮。阿比包爸爸没有让人羡慕的大学问，也没有什么大事业，青格里的树一样，只有七十九圈年轮。他真的走了，才知道没有他的日子是多么孤独，没有他的时候是多么无助，他穿越岁月的父爱无可替代。

阿比包走了几年了，亲人的心里，他还在呢。收秋菜时，吾拉孜汗远远看见一个人在自己家的白菜地里堆白菜，她出现了幻觉：这不是阿比包姐父吗？！吾拉孜汗紧跑一阵儿到了白菜地，只有白菜，不见姐父阿比包……她记起在伊宁师范学院读书时，一家人节衣缩食保证开学前凑足她的学费,眼见家里的窘迫,吾拉孜汗几次要休学,姐姐阿尼帕坚决不同意。记得第二学年暑期,为了保证她的入学学费,姐父阿比包身上的皮裤还换不下来。去伊宁前夜,姐父对她说,一个学校的人,高的你不要嫉妒,要学人家的长处;矮的你不要看不起,人家可能有自己的难处。

十一,儿子胡西达尔娶媳妇,亲戚朋友都来了,吾拉孜汗总觉着姐父阿比包就在人群中,她眼泪汪汪在人群中穿来穿去,却怎么也找不见最疼爱她们的那个人……

  左披鬃的褐色骏马鞴着银鞍
  驮我翻越了九座达坂
  我想起了亲爱的父亲
  白犏牛舔着小白犊的身体
  不顾天上雷鸣电闪
  我想起了亲爱的母亲
  大地承受不住的东西
  这个人用心装下
  ……

阿尼帕妈妈家,维吾尔族语、哈萨克族语、汉语是通用语言。蒙古族语,卡丽曼的丈夫赛里克的塔塔尔族语也都可以混用。交谈中,有几个民族就有几种语言。语言犹如青格里的水流,把绵延的山脉、挺拔的山峰，组合出一幅大气磅礴的多彩画卷。

浸泡在亲情中，在这样的氛围里，语言苍白了，歌、舞、眼神就能生动地传递、交流，心灵体验着、感受着——心心相印。

"爱，是可以传递的。"卡丽曼说，爱可以传递，能够生长，就跟山川草原一样。

卡丽曼默默资助来自牧区贫困家庭的那孜古丽读完初中，升了高中。那孜古丽是女儿的同班同学。女儿伤心地告诉卡丽曼，学习成绩优秀的那孜古丽要退学了。她的爸爸没有了，妈妈又病了，家里没钱让她上学了。卡丽曼当即决定，把那孜古丽接回家，资助她继续学习。2008年，那孜古丽考上了新疆医科大学。她一直不知道，供她读书的卡丽曼姨姨，一家人一个月的收入只有两千多元。

也是古尔邦节前，阿比包去菜市场，路过医院看见一个披着一条旧毯子的孕妇，寒风中冻得发抖。上前问过，得知名叫江阿古丽的孕妇是阿尕什敖包乡的牧民，因为她是大龄孕妇，医生要她提前住院。家里贫穷，她拿不出钱。

阿比包领江阿古丽回了家。阿尼帕像照顾女儿、媳妇一样照顾她，直到临产前一天送她到医院，替她交了一千元住院费。剖腹产手术不顺利，江阿古丽大出血。阿比包、阿尼帕带领在家的孩子全到医院验血，阿不都热西提的热血保住了两条人命。江阿古丽出院，阿尼帕又把母子接回家，直到"摇床礼"后才送她们母子回阿尕什敖包乡。

古尔邦节，江阿古丽带着娃娃也来了，看望有救命之恩的阿尼帕妈妈一家。

"听我说，热孜万古丽，"阿尼帕姨妈对我说，"谁没有难处？你没有吗？遇上有难处的人，你可要帮呢。做一个好人，胡大会记下呢。坐下吧，我给你讲明白呢。"

阿尼帕姨妈的乳汁养大了我，也浇灌了我的心田。

阿尼帕的外甥女热孜万古丽是牧区希望小学的老师，在牧区小学从教二十八年。就像她说的，阿尼帕姨妈的乳汁养育了她，也滋养着她的心田。

牧区小学教学条件差，大雪封山，停水停电。大雪封路，要接送学生，停水停电，只能把学生带回自己家上课。

牧区孩子，家庭经济水平一般都不高，有些家长连孩子的吃穿都顾不住。看见班里学生夏无单衣，冬无棉衣，热孜万古丽总是想尽办法，穷其所有，救助贫困孩子，让他们冬天不要冻着，天热了能换上夏装。

热孜万古丽爱学生，这份爱是从姨妈阿尼帕的乳汁中汲取、承继的。

父亲过世，母亲改嫁，成了孤儿的胡达拜克三兄妹，一个孩子一年的学杂费就是二百三十元，热孜万古丽的工资一次交不齐，就一个月一个月地交。在她的帮助下，三个孤儿没有一个失学。

一个名叫加勒泰的学生小小年纪患了骨髓炎，做了两次大手术，腿也没有治好，就是这个腿有残疾的孩子，却一直有个梦想——跳"黑走马"。热孜万古丽把更多的爱给了这个有梦想的学生。她求助社会，继续加勒泰的治疗。她为加勒泰开了舞蹈课，鼓励他参加舞蹈比赛，给他提供机会。加勒泰终于能跳"黑走马"了，在全县民族舞大赛中获得少年组第一名。当懂事的加勒泰把来之不易的奖杯送给他的老师热孜万古丽时，师生紧紧相拥，感动了在场的所有人。

爱可以传递，能够生长，和山川草原一样。在青格里，有太阳的地方，就有眼泪变成的草莓。一朵花开就会有一片花开。

皑皑雪野，桑塔纳开成了越野吉普，卫东·吐尔滚本事大。

卫东，汉语名；吐尔滚，父亲的名，卫东的姓。汉族名，维吾尔族姓，合成了一个维吾尔族小伙子的姓名：卫东·吐尔滚。跟阿热勒乡的红旗公社、沙尔托海乡的跃进公社、阿热勒托别乡的卫东公社一样，二十世纪六十年代出生的卫东·吐尔滚身后也有一段时代注释的故事呢。

从县城往阔尔莫特去，路不远，雪厚。桑塔纳一路吼叫着往前拱。到了两水交合的野猪窝子，再拱不动了。河水切出的崖壁拽着一座钢索吊桥，横跨小青格里，望过去，彩虹一样美丽、壮观。

大青格里小青格里汇流野猪窝子，水深流急。从哈热龙、阿哈仁、巴斯克阿哈尔、阔尔莫特这些村镇到河对岸的县城有两条道，能跑车的路要绕行六十多公里；走捷径，春夏秋三季涉水过河，且不说刺骨的河水里来回走，日久年深不得风湿病的少，还年年都有淹死的学生。牧民的冬窝子在河这边，草场在河那边，年年转场涉水过河，洪水冲走的、摔断腿的牛羊不知多少。冬天河面结了冰，蹚冰过河，掉进冰窟窿的有，摔折了腿的还更多。牧民们你卖几张皮子，我卖几斤奶子，租车绕着走，奶子钱还抵不上车租呢，还搭上了一天的工夫。遇上个生老病死婚丧嫁娶的，更让人急得团团转。上一年，阔尔莫特村的孕妇沙黑拉难产，河过不去，绕道往县医院送，半道儿上大出血，大人娃娃都没保住，可怜得很。第二年雪大，过河时洪水冲走淹死的，叫得出名姓的已经十七个了。

天堑变通途的桥，是卫东的姐姐阿米娜出资修建的。阿米娜不是个有钱人，住了十多年的泥屋她还住着呢。青格里街面上，阿米娜家带小院的土坯房破旧得刺眼呢。到了晚上，街对过灯光鲜亮的高楼把泥屋草院挤压得看不见了。

阿米娜·吐尔滚祖上是南疆叶城人。父亲十多岁时，跑战乱流落青格里。上世纪七十年代，阿米娜出嫁了。新郎吾吉毕是南疆和田人。阿米娜的父母说，吾吉毕大学问有呢，那么大的铁牛都能使唤动，你说他有没有本事？吾吉毕比阿米娜大十五岁，阿米娜的父母坚持：有本事的人不饿肚子，你不给他给谁呢？父母亲要把阿米娜给吾吉毕，她能有啥办法？

"说给就给掉了，十七岁就嫁给了我的老头子。"1966年从八一农学院毕业，吾吉毕分配到青格里农机局。带领养路道班修路时，吾吉毕视神经受伤，双目渐渐失明。再苦再累，阿米娜都不让老头子吾吉毕操心，三个丫头一个儿子吃饱穿暖天天学校去，"书一定要读出来呢！"

青格里一家一家划分草场的时候，街面上有人摆摊了，肥皂不要票也有呢，漂亮的洋袜子、花裙子也有呢，哎哟，春天来了嘛！挑了几十年家庭重担的阿米娜眼睛尖呢！胆子大呢！苦日子到头了：第一次，她只带了五千元到乌鲁木齐进货，小本买卖嘛。苦日子走出来的阿米娜知道四乡八邻的街坊、牧民最需要什么，最喜欢什么，跑遍乌鲁木齐大小商铺，货比三家，采买的商品质优价廉，适销对路，很受青格里当地消费者欢迎。阿米娜又是个热情、诚恳的人，小本生意一年比一年做得大，成为青格里商界的佼佼者，有很高的声誉。

记得是晚饭后，阿米娜关了电视，招呼老头子吾吉毕，招呼孩子们都过来，说要商量个事儿。阿米娜说，老头子，我想在野猪窝子修一座桥。老头子吾吉毕和孩子们谁也没想到，阿米娜突然说了这么一件事儿。阿米娜说，你们知道呢，我们家一点小本生意，没啥钱，可是，我眼见着冰水里歪歪斜斜的学生娃娃，心疼得很，我就想，我要攒够十万二十万的，我就一定要修一座桥，这个事儿我想了好多年了。

钱你攒够了吗？老头子吾吉毕问阿米娜。

差不多有十万了。要干这个事儿了。阿米娜看了看儿女，又转向吾吉毕，胡大也说架桥、栽树积德的事儿，积德的事儿要做呢。

孩子们也支持阿米娜。十万元，是妈妈十五年的辛劳。孩子们都知道十五年来妈妈受的苦，街坊邻居也都看在眼里。这么些年，阿米娜照顾吾吉毕，料理一家人的生活，天天一早外出摆摊，一站一天，一块馕一杯水一顿午饭，辛辛苦苦攒钱一直想做这么一件好事，一定帮她圆这个梦。

一家人去野猪窝子踏勘。4月里去了一次，5月里又去了一次，收草时候去了，河水结冰又去了。要找一处基础牢实，河面窄的地方，要想着洪水下来，要计算成本……心里有数了，阿米娜找了工商联，联系上了工程设计部门，选上了能吃苦的四川施工队。

签订合同后，阿米娜把一期工程款打给了施工队。

包工头小四川接过五元、十元一扎的人民币，流了眼泪："这个维吾尔族姐姐，你不是个有钱人，你的钱挣得辛苦。我知道呢，你三十年的破房子还住着呢，夏天一根冰棍舍不得吃，就是要办这么个大好事。我服了！行了，够发民工的工钱就行，我一分钱的排档子不要。"

一时间，阿米娜的桥，成了青格里上上下下关注的焦点。政府低价划拨建桥的木料；工商联协调各方倾力相助；施工配合设计，创新工程，整座桥洪水来时可以提升三米三。

考科尔汗老人九十岁了，让孙子扶上她，找到阿米娜，拿出五百元颤抖着交给阿米娜:"盼了一辈子的事儿,我只有这一点儿,添上修桥吧,阿米娜,积德的好事呀!"

哈热龙村支部书记马坦找到阿米娜,拿出一千元交给她:"乡亲们的一点儿心意,开工以后,都过来帮忙呢。"

大桥通行典礼,县政府的领导、施工队、街坊乡邻都来了。阿米娜一会儿维吾尔语,一会儿哈萨克语,一会儿汉语,感谢大家的帮助。

施工队小四川说:"你这个维吾尔族姐姐是个好人,我干了这么多工程,没有一个不欠工程款的,你没有钱,却一分钱不欠。我给姐姐磕个头,好人长命百岁。"

"巴郎巴郎快起来,我谢谢你呢!干了这件事,我心里真是舒坦得很。"

通行第二年,创新设计就遇到了考验:头年雪灾造成春洪,洪水冲毁了青格里十三座桥,只有乡邻们叫的"阿米娜大桥"提升三米,放走了野马奔涌的洪水,桥安然无恙。

　　当土地与土地被水分割了的时候
　　当道路与道路被水截断了的时候
　　智慧的人类伫立在水边
　　于是产生了桥
　　苦于跋涉的人类
　　应该感谢桥啊

哈拉乔拉是沙尔托海的一个自然村，远远望出去，藏在戈壁深处的小村落就像茫茫大海里的一星孤岛。村落不大，民族不少，聚居有哈萨克族、塔塔尔族、汉族、回族……

从外面进入哈拉乔拉有一条沙石路。牧民出牧，走一条牛羊踩出的牧道。从村子出来，羊群漫野。上了牧道，越走越窄，越上越陡，漫坡的牛羊走成了一条线，爬过一道山崖，才能踏上去草场的路。上山容易下山难，下山坡更陡。一年年上山下坡，萨木特到赛可尔特的羊肠山道，不知摔死了多少牛羊，伤了多少牧人。

这些年，又窄又陡的牧道一年年变宽了，坡缓了。这是加勒木汗·那斯尔做的善事。

加勒木汗·那斯尔下决心做这件善事时，差不多有六十岁了。那一年去夏牧场，摔死了一头牛，十多只羊。加勒木汗·那斯尔的一只大母羊也掉下山崖摔死了。

儿子们心疼老爹，怕他累着了，腰闪了，毕竟六十岁了嘛。把老父亲修路用的十字镐、钢钎收起来，要接他去城里。

老汉不去。儿子们一点儿办法没有。"你们汉族人说的，六十岁耳朵就顺了嘛，我们爸爸的耳朵咋就不顺呢？"

老汉比儿子们有办法，不知藏哪儿的钢钎、十字镐，儿子们再没找见过。一年一年的，变得宽展、变得平缓的牧道一截儿一截儿往前伸，绵延出去十多公里了。

又过了十多年，看上去，已有八十七岁的加勒木汗·那斯尔身板还硬朗。青筋暴凸、骨节毕现的一双手是山里风雪的记忆。儿子们又要接他出山，老汉还是不去，他恋着他的牛羊呢。

入冬前，老汉卖了九十只羊，留下了三十多只，还有十多头牛，几匹马，两峰骆驼。去年雪大，二十多亩苞米被洪水冲了。加勒木汗·那斯尔不甘心，地里补种了草，牛羊饿不着。

2008年"5·12"汶川大地震发生后，牧民们从山里赶着牛羊来了县城。草原上，太阳能让毡房有了电视。牧民看见叫"汶川"的地方山倒了，路断了，楼塌了……一抹鱼肚白亮了天边时，一群群牛羊春水漫过草滩一样，从路灯还亮着的街上朝着县政府前的广场悠悠漫过。草黄的羊羔蛋蛋金豆豆一样撒了一路，微微晨风里弥漫开淡淡的草香味儿，让人感受着草原小城似水流年的柔情。牧区县城，牛羊上街不稀罕。这一天青格里城里，一群群大街上走着的牛羊还真是一道风景。为着生活，为着牛羊，为着心爱的女人一生操劳的牧人不知道汶川离青格里有多远，他们却知道汶川的同胞遭难了，需要帮助，他们有牛有羊，就赶着牛羊来了。藏在大山深处的青格里是国家级贫困县，老百姓给汶川灾区的捐助折合人民币一百三十多万元。

电视画面中灾后废墟，失去亲人的孩子，解放军、武警官兵救助受灾群众……让阿尼帕一次次泪流满面。她和阿比包早早拿上家里仅有的一千元钱，通过爱心热线捐给了灾区。她知道孩子们不能从电视上走下来，还是对着电视说："你们到家里来，你们到家里来……"

系结长天滋养大地的青格里,成就出一方施善于世,施助于人,知恩图报的世外桃源。这一方生灵的普世情怀,贵长久,不贵浓烈。

在青格里,你能感悟到一种气场,它充盈在牧人的牛粪火旁,毡包茶炊的蒸汽里。雪野铺连的大地,绿草丛中红腿黄嘴的美丽小鸟的鸣叫,每一双你碰到的笑意盈然的眸子,甚或街上并肩同行的骏马,严冬冒着热气的一摊牛粪……都能感知到它的存在——
无处不有的良善。

山外,以物质主义为底色的"现代化"改变着我们生活的同时,也风蚀着我们的情感,瓦解我们对精神的尊重,改变我们对自己和世界的理解。只要看一看环境灾难,你就会为我们自己因为贪婪而快速毁灭悲哀、无助。这一切都在"现代化"的美丽假象下心安理得地继续着。

这一片宁静、纯情甚或简朴到贫寒的土地,却让人心踏实。"借人家一只鹅,要还人家一峰骆驼",这是青格里的价值观。草原毡包夜不闭户。青格里街面上路不拾遗。青格里的心灵草尖儿上的露珠,云下面坡上面的羊子都比别处的洁净。偷吃苜蓿的牛犊也不惹人心烦。

大山褶皱里的青格里很偏远,不同种族不同地域的人奔着青格里走在了一起。

有德行，有情义，有志向，善施教化的神山圣水——青格里，千百年来，水滴石穿地不以哪一个人的意志为转移地融合升华着这一方文明。这是一个以时间为系数的漫长过程，这个历史过程，虽说多有金戈铁马刀光剑影，却也是无论你曾经多么强大，纵有一代天骄成吉思汗的"上帝之鞭"，也难以从自己的文化生态中剔除其他民族的影响，无法拒绝兼收并蓄。

　　不同种族、不同信仰的人依偎同一条河流，守望同一方天地，同一个时节播种，同一个季节转场，一起送走过世的老人，一起迎来新生的婴孩。"在我们青格里,谁又能离开谁呢？山离开水吗？水离开山吗？"既然离不开，就一定会有一个过程，一个心灵契合、情感凝聚的过程，一个多元文化融合的混血过程。这可不是一日之功。"自然是庙堂，大地是道场，山水是导师，诗歌就是宗教。"青格里的诗歌是篝火旁的蒙古长调，月光下的阿肯弹唱，还有山坡坡上的"尕妹妹想哥哥你就招招手"，真个是天籁之声。

　　这一方山水，山有风骨，水多柔情，天呈大象——大境界。

　　这一方人家，顺应自然，适度索取，真诚回报——对千百年来匍匐青格里的生灵，怎能不怀有深深的敬意呢！

　　七彩晚霞里，青格里泛着紫铜光泽的水流凝重如石。草原渐渐沉入苍苍暮色。

　　成吉思汗六过金山的鼓角争鸣早已远去。三台海子神秘墓葬也悄无声息化入草原深处。只有接地连天的炊烟，伴随日落日出、春萌秋黄生生不息。

华灯初上。以县城十字街口为圆点，东、西、南、北射出的街道不长，四野的雪映衬得纯真、缥缈。阿肯阿依特斯艺人胡尔曼别克·再腾哈孜的雕像立于街口，这位阿尔泰草原无人不知的民间艺人说："能感悟阿肯弹唱，就能了解哈萨克。"古老的阿肯阿依特斯——触景生情即兴赋辞，冬不拉弹奏的说唱艺术，把马背上的每一个哈萨克族人都哺育成草原的诗人、歌者。歌唱山川草原，歌颂跋涉创造……英雄传奇口口相传，爱情故事生生不息。草原上，牧人相遇，往往弹起冬不拉问："啊，你的家在哪里？"对方回答："我的家在阿勒泰，青格里。"老人们便会热泪相拥……

> 人生很短暂啊
> 我们要珍惜缘分
> 不是每个人都能亲身相遇
> ……

草原的血脉时而激越、时而沉郁的旋律从古律动到今。

县城主干道右侧是哈萨克少女布勒布勒汗和她的索尔巴斯的雕像。上世纪六十年代，十六岁的布勒布勒汗在夏牧场放牧公社的羊群，暴雨引发泥石流突然冲下来，为了抢救羊群，美丽的少女葬身泥石流。草原没有忘记自己的女儿。

踏雪寻找王传杰和他的蒙古族妈妈。冬日，王传杰赶着马车去乡里的生产队放电影。放完电影回来的路上遭遇寒流，从脚开始，王传杰渐渐失去了知觉。老马识途，拉着王传杰走到了亮灯的蒙古包。蒙古大妈用雪慢慢擦搓王传杰冻僵的双脚，等他的双脚渐渐有了知觉后，蒙古大妈把王传杰的双脚抱在自己怀里。第二天早晨王传杰睁开眼才知道，蒙古大妈用自己的经验和体温保住了他的双腿。大妈彻夜未眠，还为他做了一双厚毡袜。这双给他温暖的毡袜和蒙古大妈的善良伴随王传杰走过一年又一年。

县城广场，看到了阿尼帕妈妈的雕像。雪光辉映，老人家的神情圣洁慈祥。

世人凭借两种事物得以不朽，一是美好的语言，一是善行。
——《福乐智慧》

2009年母亲节，中央电视台送给阿尼帕妈妈一件她没有想到的礼物：她和她的孩子们的一百张笑脸。看着一张张笑脸，阿尼帕妈妈流下了幸福的泪水。可是正在记者说这个叫什么，是什么民族，那个是什么民族，叫什么时，阿尼帕妈妈突然不高兴地说："我最不高兴听别人说我的娃娃这个是这个族，那个是那个族。我们家不分这个族那个族，他们都是我的娃娃，没有什么亲生不亲生的。"

卡丽曼、切布、哈比扎、贾帕尔……还有阿不都热索里的儿子祖农·阿不都热索里,都讨厌别人这样问。卡丽曼说,我们睁开眼就是一家子,就是阿比包、阿尼帕,一个门进来了,一个门出去了。你们这些人来了,非要这样问,我们很生气,又没有办法不这样说。你们不要这样把我们一家人割裂开嘛。

哎呀,我说这个话你肚子不要胀。

年关又到了。

阿尼帕妈妈家的团圆锅又支好了。切布和媳妇胖嫂最早回家。胖嫂正拾掇切布宰好的羊,羊肚收拾干净了,燎羊头呢。胖嫂很开心,干着手里的活儿哼着小曲,她的两个儿子一个要读大学了,一个要上高中了。

卡丽曼和两小无猜青梅竹马的丈夫赛力克也是一脸喜气,他们一儿一女,也是一个要考大学,一个要上高中了。

翻过年,祖农·阿不都热索里要去部队当兵了。妹妹祖木拉提·阿不都热索里品学兼优考入内高班,就读扬州市汉口中学。学校运动会,祖木拉提担纲的七十人刀郎舞一展歌舞之乡的风采,成了汉口中学的小明星。

迪丽娜尔·阿不力克木给了妈妈依巴达提最好的新年礼物:荣获自治区第二届民族团结好少年。

托乎提也有好消息呢,他终于见到了当年回国时留在科布多的姐姐吐逊汗,七十三岁的姐姐经青格里塔克什肯口岸回国探亲。

阿尼帕妈妈家喜事真是多,小儿子阿不都瓦依提·阿比包的媳妇哈米提娶进门了。

一脸喜气的阿尼帕，心里念念。她想念老伴，想那个和她一起走过艰辛岁月的好人。

　　大麦啊　小麦啊
　　用风来分开
　　远亲啊　近邻啊
　　由死来分开

　　青格里旁边有一条深深的山坳
　　一匹小马拖着缰绳无助地奔跑
　　小黑鸟孤独地落在树梢
　　……

她想若不是这个马儿一样的好人，小黑鸟能拖动这个家吗？

回想往事，阿尼帕觉得自己的一生恍若隔世。她很想和弟弟妹妹回一次科布多，看看自己长大的地方。

现在方便了，布尔根村已是中蒙边境塔克什肯口岸。当年取道布尔根村回青格里时，界桩序号58，中蒙勘界后，新立的界碑序号124。

河狸没有界的概念，拖着个小桨一样的尾巴，自由自在从上游游荡到下游，又从下游游荡到上游。

一场大雪,青格里静了下来。操劳了一个春天,又辛苦了一个夏天,秋天收获后,大地要好好睡一觉了。

人世间,《母亲》的旋律回荡皑皑雪野。

  我在很远的地方想着您
  不管是在天涯海角
  忘不了啊我的母亲
  有母亲的人永远不会老
  ……

后　记

多少回梦里依稀！

阿尼帕·阿力马洪没有想到，在有生之年还能回到这片自己出生的大草滩。

离开这片大草滩那天，骆驼已经上路了，却不见了妹妹玛丽亚。阿尼帕从大草滩扯出玛丽亚。妹妹抱着一只弱生的小羊羔，她舍不得这只眼睛含着泪光的萨尔巴斯……

阿尼帕嗅到了大草滩透发的草香！

有人在收获。从右向左一道白光闪过，一大片牧草划出一道长长的弧线，齐刷刷地排列开来，好像都听到了大钐镰带过的风声。

多么熟悉的场景啊！双腿分立，腰身前倾，右臂直伸，左手把握镰柄，挥动钐镰的身姿就像跳起麦西来普样优美舒展……父亲又回到了她面前。

大地万物，四季轮回，只有这片大草滩留有阿尼帕从出生到长成花季少女的点点星光。

大草滩就在家门前。一只只羊羔伴随她和她儿时的玩伴一起长大。露珠在草尖滑动，母亲就会拎着奶桶走向草滩，那里的牛正等着她呢。晚霞染红天边，羊群归牧，炊烟升起，母亲一声声呼唤从草滩深处拽回它们。

多少回多少回给她无限温暖的泥屋已不见了踪影。灯光下外婆晃动的摇床也不见了。外公冬天熏肉夏天纳凉的托哈律呢？给大舅带来一个草原汉子荣耀的白马，那匹只有两只耳朵和鼻头墨染，白得像雪的白马又去了哪儿？

精灵一样的萨尔巴斯，你的家族又有多大了？你们一个个又去了何方？

只见石头垒的孜依热特比当年大得多了……

六十年，差不多六十年了！时间真是比暴风雪比太阳还坚硬啊，它能把岁月碾得一点儿也找不见。只有那块老人们说是"天上掉下来"的黑石头还在。草原人家在它上面洗衣服，已不知洗了多少代了。

只是，善良的母亲再也回不到她的老家了。母亲生命最后回光返照，对阿尼帕说："多想回科布多看看……"

母亲留下了一个遗愿。那时候，从青格里到科布多真是太远了，远得让人想一想都害怕。且不说山高水远，从中国新疆的青格里到已经是"蒙古人民共和国"的科布多，也不是一个老百姓敢想的事儿啊！跟随父亲回到青格里的母亲，带着遗愿归宿青格里河畔一处向阳的草滩。

一个人,最难忘记的是什么呢?是童年的记忆。

那时候,阿尼帕还不知道父亲久久凝望的河流叫"布尔根",它从哪里来,又怎样不舍地奔流千里之外?她只是从父亲忧郁的眼神里体味到了河水的悲悯和苍凉。

还是个少年郎的父亲溯源这条叫"布尔根"的水流,从青格里到了科布多。那时候,青格里和科布多还是一个爸爸的两个儿子,从青格里到科布多还是从科布多回青格里,就跟从这家到那家串个门一样简单。年轻的父亲在科布多的大草滩有了初恋,迎娶了母亲,有了阿尼帕和阿尼帕的弟弟、妹妹,有了一个不富裕却温暖的家。

思乡心切的父亲终于要回青格里时,归途阻隔:他哪里会知道,早在康熙三年(1664年)清王朝以数千里大漠为界域,划分了内蒙古和外蒙古,就埋下了疆域分裂的隐患。他在科布多娶妻育子这些年,内蒙古、外蒙古已彻底割裂……

冷战间隙,天光一线,当年的少年郎携家拖口溯布尔根河回归青格里,走啊走,迢迢长路望不断。

直到眼见水中嬉戏的河狸,父亲才说:"快到家了!"

阿尼帕还记得父亲说这句话时满脸的泪水。

拖着小尾巴的河狸也抖落掉孩子们多日旅途的风尘。直到在青格里扎了根,阿尼帕才慢慢体会到这条在科布多叫布尔根,到了阿尔泰叫青格里的河流与她们一家,与两岸生灵的渊源。正是因为有了这条河,才有了科布多、青格里的牧歌和毡房飘拂的炊烟,才有了草原的黄黄绿绿、恩恩怨怨、生生死死。这条河的大慈大悲,草原心存感激。

望着眼前的布尔根河,自记事开始的日子一天天从眼前流过。秋风轻轻掠过,把几片黄叶送到河面。一个人跟一棵树一样,命运把你抛在哪儿,就在哪儿生根落叶一辈子。母亲随父亲叶落青格里,再也回不到她日思夜想的大草滩了……

越过草滩,是大片耀眼的向日葵,这让阿尼帕恍惚在青格里。太阳底下的向日葵不管在哪里都是一样的金色。最后一抹斜阳里,草滩撒欢的羊群,河边嬉戏的马驹,还有甩动鞭梢向她招呼的牧人,都亮出一圈祥和暖意的金色。

一瞬间,阿尼帕突然那么思念青格里,思念熊猫山下那个院落……离开科布多时一家六口,现在,老少三代差不多两百口子了。

对生身之地的眷恋,在青格里获得灵魂的慰藉。

——他乡已是故乡。

这一辈子,遇到了多少人多少事啊。无论遇到多么难的事儿,总有一个人在她身边……

这时,天边的群山、眼前的草滩不慌不忙褪去了斜阳勾勒的金黄。阿尼帕听见一阵踏碎漫漫冬夜的马蹄声从思念深处向她而来。她的阿比包裹着一身寒气推开家门,站在她面前,那是一个多么长的冬夜,又是一个多么明亮的黎明啊!那匹马,那匹长途跋涉的马像她的阿比包一样,脸上、鼻头、鬃毛,甚至四只蹄子都披挂着厚厚的冰霜。冰霜包裹着疲惫的微笑——如今,给她温暖如春明亮如光的脸只留在了长长的思念中。

——月是故乡明。

要赶紧回了,孙子祖农要入伍了;老儿子阿不都瓦依提又给她添了个孙女……

如今,没有骆驼远行的艰辛了,当年父亲携家拖口踏进国门时的边境小村布尔根,已经是通达四方的塔克什肯口岸。

"我的大草滩,我还要来呢……"阿尼帕在心里喊出这句话时,泪珠也落在了草丛中……